倪匡奇情作品集

木蘭花傳奇 27

魅影

（含：刺殺、古犀奇影）

倪匡 著

目錄

刺殺

古屋奇影

【總序】

木蘭花VS.衛斯理——倪匡奇幻系列的兩大巔峰

秦懷玉

對所有的倪匡小說迷來說，《衛斯理傳奇》無疑是他最成功、也最膾炙人口的作品了，然而，卻鮮有讀者知道，早在《衛斯理傳奇》之前，倪匡就已經創造了一個以女性為主角的系列奇情故事，甫出版即造成大轟動，《木蘭花傳奇》遂成為倪匡眾多著作中最具特色與最受讀者喜愛的兩大系列之一；只因衛斯理的魅力太過強大，使得《木蘭花傳奇》的光芒被掩蓋，長此以往被讀者忽視的情形下，漸漸成了遺珠。

有鑑於此，時值倪匡仙逝週年之際，本社特別重新揭刊此一系列，希望藉由新的編排與介紹，使喜愛倪匡的讀者也能好好認識她。

《木蘭花傳奇》是倪匡以筆名「魏力」所寫的動作小說系列。原載於香港新報及《武俠世界》雜誌，內容主要是以黑女俠木蘭花、堂妹穆秀珍及花花公子高翔三人所組成的「東方三俠」為主體，專門對抗惡人及神秘組織，他們先後打敗了號稱「世界上最危險的犯罪集團」的黑龍黨、超人集團、紅衫俱樂部、赤魔團、暗殺黨、黑手黨、血影掌，及暹羅鬥魚貝泰主持的犯罪組織等等，更曾和各國特務周旋、鬥法。

如果說衛斯理是世界上遇過最多奇事的人，那麼打擊犯罪集團次數最高的，即非東方三俠莫屬了。書中主角木蘭花是個兼具美貌與頭腦的現代奇女子，在柔道和空手道上有著極高的造詣，正義感十足，她的生活多采多姿，充滿了各類型的挑戰；她的最佳搭檔：堂妹穆秀珍，則是潛泳高手，亦好打抱不平，兩人一搭一唱，配合無間，一同冒險犯難；再加上英俊瀟灑，堪稱是神隊友的高翔，三人出生入死，破獲無數連各國警界都頭痛不已的大案。

若是以衛斯理打敗黑手黨及胡克黨就得到國際刑警的特殊證明文件的標準來看，木蘭花在國際刑警的地位，其實應該更高。

相較於《衛斯理傳奇》，《木蘭花傳奇》是入世的，在滾滾紅塵中演出令人目眩神搖的傳奇事蹟。衛斯理的日常儼然是跟外星人打交道，遊走於地球和外太空之間，事蹟總是跟外星人脫不了干係；木蘭花則是繞著全世界的黑幫罪犯跑，哪裡有犯罪者，哪裡就有她的身影！可說是地球上所有犯罪者的剋星！

而《木蘭花傳奇》中所啟用的各種道具，例如死光錶、隱形人等等，一如倪匡慣有的風格，皆是最先進的高科技產物，令讀者看得目不暇給，更不得不佩服倪匡驚人的想像力。

尤其，木蘭花等人的足跡遍及天下，包括南美利馬高原、喜馬拉雅山冰川、北極、海底古城、獵頭族居住的原始森林、神秘的達華拉宮及偏遠隱密的蠻荒地區等，讀者彷彿也隨著木蘭花去各處探險一般，緊張又刺激。

《衛斯理傳奇》與《木蘭花傳奇》兩系列由於歷年來深受讀者喜愛，書中主要角色逐漸由個人發展為「家族」型態，分枝關係的人物圖越顯豐富，好比《衛斯理傳奇》中的白素、溫寶裕、白老大、胡說等人，或是《木蘭花傳奇》中的「天使俠女」安妮和雲四風、雲五風等。倪匡曾經說過他塑造的十個最喜歡的小說人物，有三個在木蘭花系列中。白素和木蘭花更成為倪匡筆下最經典傳奇的兩位女主角。

在當年放眼皆是以男性為主流的奇情冒險故事中，倪匡的《木蘭花傳奇》可謂是開創了另一番令人耳目一新的寫作風貌，打破過去女性只能擔任花瓶角色的傳統窠臼，以及美女永遠是「波大無腦」的刻板印象，完美塑造了一個女版〇〇七的形象。猶如時下好萊塢電影「神力女超人」、「黑寡婦」等漫威女英雄般，女性不再是荏弱無助的男人附庸，反而更能以其細膩的觀察力及敏銳的第六感，來解決各種棘手的難題，也再一次印證了倪匡與眾不同的眼光與新潮先進的思想，實非常人所能及。

《女黑俠木蘭花傳奇》共有六十個精彩的冒險故事，也是倪匡作品中數量第二多的系列。每本內容皆是獨立的單元，但又前後互有呼應，為了讓讀者能更方便快速地欣賞，新策畫的《木蘭花傳奇》每本皆包含兩個故事，共三十本刊完。讀者必定能從書中感受到東方三俠的聰明機智與出神入化的神奇經歷，從而膾炙人口，成為讀者心目中華人世界無人能敵的女俠英雌。

刺殺

1 另有所圖

暮色蒼茫，一架巨型的客機衝天飛起，引擎中噴出粗大的黑煙來，黑煙混在暮色中，看來更濃，更增加幾分離愁。

木蘭花和安妮在送機坪上揮著手，她們都知道，在飛機中的高翔，根本看不到她們了，因為飛機已離了跑道，直上天空，但她們還是揮著手。

高翔到比利時去參加一個世界性的警務會議，他要去很久，這是高翔和木蘭花婚後的第一次分離，木蘭花的心頭多少有點黯然。

等到飛機飛得看不見時，暮色更沉，木蘭花緩緩轉過身來，安妮靠在她的身邊。

安妮的年紀雖輕，可是長得已和木蘭花差不多高了，她相當瘦，是以看來有一股苗條的美，瘦削的身形配著她大而黑的眼睛，使她看來有一股清幽脫俗的美。

木蘭花拍了拍她的肩頭，道：「安妮！我們回去吧。」

安妮低聲問道：「蘭花姐，你心中不舒服？」

木蘭花笑了起來，道：「沒有，當飛機起飛的一剎那，我心頭多少有一股惘然之感，但是現在已經沒有事了，走吧！」

送機的人差不多走完了，跟著另一批送機的人接踵而至，她們穿過永遠鬧哄哄的機場大堂，在停車場上了車，直駛回家去。她們駛上郊區的公路時，天色已完全黑了下來。

木蘭花將車子駛得十分快，她超卓的駕駛術，使車子像是一支火箭一樣，貼著路面，向前射出去，十分鐘之後，她們已可以看到她們的房子了。

而當她們看到了自己的住所之際，木蘭花和安妮兩人，不禁一起「啊」地一聲，叫了起來。

她們的屋子，亮著燈光！

安妮忙道：「有人在我們的家中！」

木蘭花並沒有說話，只是蹙著雙眉，顯然她在想，在她們家中出現的不速之客是什麼人，何以竟堂而皇之地亮了那麼多燈。

木蘭花一面想著，一面仍然控制著車子向前疾馳，而安妮也突然跳了起來，大叫道：「是秀珍姐！」

安妮看到了她們的屋子之前，停著一輛式樣新型的鮮紅色的跑車，認出了那是穆秀珍的車子，興奮得直跳起來。

可是，她只顧得興奮，卻忘了自己是在車子之中，在她陡然地跳起來之際，「咚」地一聲，頭就撞在車頂之上，她又發出了「啊呀」一聲，然後，用手撫著頭，再叫道：「是秀珍姐！」

木蘭花當然也已看到了那輛車子，她也可以肯定，在屋子中的是穆秀珍，她笑了一下，瞪了安妮一眼，道：「看你！快成穆秀珍第二了！」

安妮大聲笑著，拍著手，道：「蘭花姐，我們已有多少時候未曾看到秀珍姐了？難得她這個大忙人，肯來看看我們！」

木蘭花已將車停在門前，安妮立時打開車門，跳了出來，大聲叫道：「秀珍姐！」

只見穆秀珍從二樓的窗口探出頭來，也大叫道：「蘭花姐，小安妮！」

穆秀珍叫了一聲，立時縮回頭去，安妮已推開了鐵門，向前奔了出去。

木蘭花也下了車，她一眼看到，在那輛紅色的跑車上，有著一個衣箱，木蘭花不禁皺了皺眉，這是什麼意思？穆秀珍準備搬回來住？

但是木蘭花的思潮，卻被安妮和穆秀珍兩人的尖叫聲打斷了。

木蘭花抬頭看去，只見安妮和穆秀珍已在花園中間會合，她們互相擁抱著對方，發出驚人的尖叫聲，歡呼聲。

木蘭花捂著雙耳，向前走去，穆秀珍又鬆開了安妮，向木蘭花撲了過來。

木蘭花扶住了她，道：「別叫，怎麼啦，可是和四風吵架了？」

穆秀珍呆了一呆，接著，便大笑起來，一面笑，一面道：「可是你看到了車上的衣箱，猜到了我要回來住幾天？」

安妮又是一聲歡呼，道：「秀珍姐，那真是太好了！」

木蘭花道：「秀珍，告訴我，你還沒有回答我的問題！」

穆秀珍叉著腰，神氣活現地道：「看看我，我這樣子，就算嫁給了閻羅王，也不敢和我吵架！」

木蘭花給她逗得笑了起來，她太知道穆秀珍的脾氣了，她知道，自己根本不必再問下去，穆秀珍就會忍不住說出她為什麼要到這裡來住幾天的原因了！

果然，穆秀珍立時道：「四風到歐洲去參加一個工業會議去了，他至少去半個月，所以，我搬來和你們同住，高翔要頭痛了！」

她講到最後一句，調皮地向木蘭花眨著眼，又笑了起來。

安妮在一旁跳著，拍著手，高興得講不出話來。

木蘭花微笑著，道：「高翔的運氣很好，他也到歐洲去開會了，我們才送走了他的飛機！」

穆秀珍笑道：「好啊，又是我們三個人了！」

安妮跳向前，撲在穆秀珍的身上，穆秀珍陡地叫道：「試試你跟蘭花姐學了一些什麼！」

她一面說著，一面突然一俯身，一下柔道中的「大轉摔」，手背一拉，竟將安妮自她的背後摔得向前直跌了出去！

木蘭花又是生氣，又是好笑，忙喝叫道：「秀珍！」

可是在木蘭花的那一喝之際，穆秀珍卻也沒有佔到便宜，安妮給穆秀珍一下子摔了出去，但是她人在半空之中，雙腿突然一曲，就著下跌之勢，雙膝向穆秀珍的腰際撞了出去。

穆秀珍連忙一閃身子，安妮身子也立時挺直，向穆秀珍撲了過來，兩人一起倒在地上，滾了兩滾，滾進了草地之中。

穆秀珍不住笑著，就躺在草地上不肯起來，安妮站起了身，伸手去拉她，穆秀珍道：「好，小安妮長大了，又學了本領，欺侮起人來了！」

安妮頓著足，道：「是你先動手的！」

穆秀珍又一聲大叫，突然跳了起來，嚇得安妮鬆開了她的手，轉身便逃，穆秀珍大叫大嚷，追了上去，木蘭花一面搖頭，一面退到門口，提了穆秀珍的衣箱，也進了屋子。

屋子中充滿了笑聲，多了一個活潑，快樂的穆秀珍，屋中就像是多了十七八個人一樣。

她們三個人的確好久沒有聚在一起了，她們笑著，有著講不完的話，合力弄了一餐豐美的晚餐，最後的甜品是安妮最喜歡吃的香蕉奶油布丁。

晚飯後，安妮將自己的床，搬進了木蘭花的大臥室，三張床靠在一起，上了床之後，她們仍然在不斷地說著話，直到夜深了，木蘭花先打了一個呵欠，道：「安妮，你明早要上學，該睡了！」

安妮和穆秀珍立時扮了一個鬼臉，一起躺了下來。

可是才一躺下，安妮突然又跳了起來，道：「啊呀，太高興了，我還有兩條數學題，明早沒有時間算，今晚得去趕一趕！」

穆秀珍道：「快去快回！」

安妮抓起睡袍，披在身上，匆匆走了出去，「砰」地一聲，將門關上。

木蘭花笑著，道：「秀珍，看你們兩人，簡直像是瘋子一樣！」

穆秀珍道：「我們難得聚在一起，自然得高興一下。」

木蘭花伸了一個懶腰，就在這時，忽然聽得書房中，傳來了「砰」地一下響。書房和臥室同在二樓，是以這一下聲響，木蘭花和穆秀珍兩人都聽得十分清楚，穆秀珍立時又笑了起來，大叫道：「安妮，小心些，別撞穿了頭！」

木蘭花則立時坐了起來，道：「奇怪，安妮不是那麼冒失的人。」

穆秀珍道：「誰知道，或許她因為我的來到，今天太高興了！」

可是木蘭花還是站了起來，打開了臥室的門，叫道：「安妮！」

安妮並沒有回答，木蘭花又叫了一聲，一面叫，一面又向外走了出去。

穆秀珍本來還在笑著的，可是當她聽到木蘭花叫了一聲，而沒有安妮的回答時，她也是一怔，也從床上跳了起來。

木蘭花和穆秀珍兩人，幾乎是同時走進書房的，她們都看到安妮的書桌上亮著燈，一隻抽屜拉開著，有一枝筆放在桌上，但是一本活頁簿卻跌在地上。

書房中沒有人！

在高翔的書桌前，一張可以轉動的皮靠背椅，跌倒在桌子下，那可能就是剛才「砰」地一下聲響的來源，而安妮則不在書房中！

木蘭花雖然鎮定過人，但是看到了這樣的情形，她神色也不禁變了一變，忙道：「秀珍，你到樓下去看看！」

木蘭花自己，則到了一列控制台之前，迅速地按下了幾個鈕掣，在牆上的六具電視機的螢光幕，在剎那間亮了起來。

木蘭花的住宅圍牆上，都裝置有可以轉動的電視攝影機，她按下了那幾個掣，就可以在六個電視螢光幕上，看到屋外的全部情形。

她首先在螢光幕上，看到了屋子的外牆，然後，她控制著電視攝影機的轉動，在其中的一幅螢光幕上，她看到有一輛黑色的車子正在疾馳而去，轉眼不見。

木蘭花呆了一呆，她不能肯定這輛車子是經過她的屋子，還是由她的屋子面前駛出去的。

而這時候，穆秀珍已喘著氣奔了上來，道：「蘭花姐，找不到安妮！」

她講話的時候，神色十分緊張，可是突然之間，她卻笑了起來，大聲叫道：「小鬼頭，你可以出來了，算我們找不到你！」

木蘭花仍然全神貫注地望著螢光幕，可是除了那輛早已駛遠的汽車之外，在螢光幕上看來，卻沒有絲毫值得懷疑之處！

她轉過身來，對還在大聲嚷叫的穆秀珍道：「別叫了，安妮絕不會半夜三更躲起來和我們開玩笑的！」

穆秀珍呆了一呆，駭然道：「蘭花姐，那麼你是說——」

木蘭花的聲音，聽來仍然很鎮定，她道：「安妮遭到了意外，她被人擄走了！」

「被人——」

穆秀珍只講了兩個字，便張大了口，再也難以往下講去。

那簡直是不可能的，安妮被人擄走了，在這屋子中，在大名鼎鼎的女黑俠木蘭花的屋子中，在警方特別工作組主任高翔的屋子中，以閃電手法擄走了一個人，誰有那麼大膽？

但是，從木蘭花嚴肅的神情上，穆秀珍知道，木蘭花那樣說，是有根據的，絕不是隨口說著玩的，木蘭花已經來到了窗前，迅速檢查了一下窗子。

窗子全閂著，並沒有被倉猝開啟的痕跡，木蘭花轉身向門口走去，在門口站了一站，轉頭道：「你繼續注視著螢光幕！」

穆秀珍來到了螢光幕之前，木蘭花已然到了樓下，她才到樓下，就叫道：「秀珍！」

穆秀珍連忙奔了下去，木蘭花指著一張倒在地氈上的餐椅，道：「這是你弄倒的？」

穆秀珍搖頭道：「不是！」

木蘭花又來到了門口，她先察看匙孔，然後，在門柄之上，拉出了一條已被割斷的，極細的電線，她的神色，變得更加凝重。

穆秀珍完全可以知道木蘭花的神色何以如此凝重的原因，因為她知道，這門匙的匙孔，是通上電流的，如果就那樣用百合匙或是別的辦法，想將門鎖弄開，警鐘便會大鳴。可是現在，電線已被割斷了！

那也就是說，有人先破壞了警報系統，再弄開了門，進了屋子！

那絕對是一個老手，不是老手，斷然不能將這樣的事做得如此乾淨俐落！

穆秀珍只覺得臉頰熱辣辣地發起燒來，這件事，對木蘭花，對她，簡直是一個嚴重之極的挑戰！在大名鼎鼎的木蘭花家中，竟然會發生了這樣的事！

穆秀珍越想越怒，「砰」地一聲，重重地在餐桌上擊了一拳。

木蘭花聞聲抬起頭來，她的神態，卻是那麼平靜，她拿著那條斷線，道：「秀珍，你看到沒有，來的人是老手，而且，不止一個人！」

穆秀珍急道：「現在安妮不知去向，我們何必去研究來的人是生手還是老手，先將安妮找回來，我要這些傢伙——」

穆秀珍一面說著，一面搖晃著拳頭。

木蘭花略皺了皺眉，道：「秀珍，你來的時候，我們不在，屋子中當時的情形怎樣？」

穆秀珍一怔，道：「沒有什麼異樣啊，我是用鑰匙開門進來的，我有鑰匙，你以為……我來的時候，已經有人在屋中了麼？」

木蘭花吸了一口氣，道：「可能，一定有好幾個人，在屋中等了好久，而我們卻一直未曾注意，那些人如果不是等了好久，完全熟悉了屋中的情形，他們也絕不能一出手就將安妮弄走的！」

穆秀珍張大了口，一句話也說不出來，木蘭花已向花園走去，穆秀珍忙跟在她的後面，她們來到了鐵門前，才發現花園的鐵門只是虛掩著。

毫無疑問，人是從鐵門離去的，木蘭花立時又想到了那一輛汽車，她望著黑而靜的公路，眉心打著結，剎那之間，湧上她心頭的問題不知多少。

安妮是被人擄走的，那是毫無疑問的了，書房中跌翻的檯椅，跌倒的餐椅，全都證明了這一點，而安妮絕不是手無縛雞之力的人，所以木蘭花推斷潛進她屋子中的，絕不止一個人。

那幾個人，自然是藏匿在書房之中的，所以安妮一進去，只來得及打開抽屜，取出了簿子來，就遭了殃。

這些念頭，在木蘭花的腦際迅速地掠過，這卻是不必再考慮的了。

要考慮的是，擄走了安妮的是什麼人？有什麼目的？

想到這兩點，木蘭花的眉心更打著結，如果這件事是發生在別的地方，那麼，或許還可以從各方面去想一想，可是這件事，卻是偏偏發生在她家中！

在她家中發生了這樣的事，那幾乎是不可能的事！正因為幾乎不可能，而又發生了，是以也格外叫人無從思索起。

試想，以木蘭花的威名而論，世界各地的犯罪分子，有誰不知道？有誰不忌憚？他們躲避木蘭花唯恐不及，如何還有那麼大的膽子尋上門來？

而如今，居然有人尋上門來，做下了這樣的事，那麼，這些人不問可知，是極其厲害的人物！

木蘭花不禁苦笑了一下，光知道對方是厲害人物，是沒有用的，有用的是要知道他們是什麼人！

可是，對於這一點，木蘭花卻一點線索也沒有，木蘭花有的線索，只是一輛黑色的，樣子很普通的汽車，而這樣的車子，本市至少有一千輛以上。

木蘭花唯一可以想到的，這輛車子的樣子雖然普通，但是它的引擎，卻一定經過改裝，因為當木蘭花在螢光幕中看到它的時候，它以極高的速度向前駛去，而普通的汽車，是不能在那麼短的時間內加速到這一程度的。

木蘭花又想到第二個問題，擄走安妮的目的，究竟是什麼？

這個問題更傷腦筋了，因為安妮雖然和她生活在一起，然而木蘭花卻一直堅持安妮要受正規的教育，是以她幾乎和形形式式的犯罪組織沒有發生過衝突，犯罪分子不會和她有過節！

關於這一點，木蘭花只是假設，敵人本來是要對付她的，但是因為沒有機會下手，而恰好安妮又來到了書房之中，是以他們便改向安妮下手，因為制住了安妮，一樣可以威脅木蘭花。

看到木蘭花只是站在鐵門前，一動不動，也不說話，穆秀珍早已急得團團亂轉，可是她知道木蘭花正在思索，又不敢去打斷木蘭花的思路。

到後來，她實在忍不住了，才道：「蘭花姐，我們站在這裡，總不是辦法啊！」

穆秀珍的話才出口，木蘭花就轉過身來，道：「不錯，不是辦法！」

穆秀珍擦著手掌，道：「那我們如何開始行動呢？」

木蘭花道：「回屋子去，等著。」

穆秀珍不禁叫了起來，道：「等著，等著……等什麼？」

木蘭花道：「等電話，有人擄走安妮，我相信那不是他們的目的，他們一定另有所圖，那時，他們就會打電話來，提出條件的。」

穆秀珍道：「難道我們就聽憑他們的勒索？」

木蘭花道：「有什麼辦法？誰叫我們已輸了一著，安妮已在他們的手中了，光發怒有什麼用？」

木蘭花已向屋中走去，穆秀珍向黑暗中揮著拳，可是她也不得不跟木蘭花走進去。

她們才回到客廳中不久，四周圍靜得出奇，木蘭花一句話也不說，穆秀珍則不斷踱著步，電話鈴並沒有響，可是卻有一陣汽車聲傳了過來。

在寂靜的夜間公路上，常有高速的汽車飛馳而過，那本不足為奇，可是這一陣車聲，一到了木蘭花屋子門口，便被一下難聽的急剎車聲所代替。

木蘭花和穆秀珍連忙轉頭望去，只見一輛跑車停在門口，車中的人，急得連車門也來不及打開，一橫身，便從車中跳了出來。

穆秀珍已向門口奔了出去，那車子跳出來的人，推開門，急急向前奔來，穆秀珍和木蘭花已看清那人是雲五風！

穆秀珍忙叫道：「五風，什麼事？」

雲五風來到了客廳門口，面色蒼白，道：「四嫂，你也在？安妮呢？」

穆秀珍呆了一呆，不知道該如何回答才好，安妮剛出了事，雲五風就來了，這事情實在奇得可以。

穆秀珍沒有出聲，雲五風的臉色更蒼白，他轉向木蘭花，尖聲道：「安妮呢？」

木蘭花緩緩吸了一口氣，雲五風高舉著雙手，道：「那麼，是真的了，是真的了！」

他一面叫嚷著，一面轉身便向外奔去，木蘭花和穆秀珍兩人齊聲叫道：「五風！」

雲五風已奔到門口，道：「我不能再等，我接到一個電話，說安妮在他們手中，要我立即去見他們，我打電話來問，電話又打不通——」

雲五風一面說著，一面急急地向後退著，已經退到了鐵門之前，他拉開了鐵門，便跳上了車子。

穆秀珍疾聲道：「五風，你講得明白一些！你要到什麼地方去見他們？」

雲五風搖著頭，道：「我不能說，那些人只准我一個人去，安妮在他們手中，我不能說！」

雲五風已經踏下了油門，穆秀珍大叫一聲，道：「我和你一起去！」她說著，身子陡地躍起，待向車內跳去，但就在那一剎間，雲五風的車子「呼」地一聲，已向前疾竄而去。

穆秀珍撲了個空，跌向地上，幸而她身手靈活，一個翻身就站了起來。等到她站起來時，雲五風的車子早已馳遠了，氣得穆秀珍咬牙切齒大罵起來。

她罵了好一會，才發覺木蘭花已不在身邊了，她忙又奔回屋子，木蘭花也不在客廳，她上了樓，木蘭花正在無線電通訊儀之前講著話。

木蘭花說道：「是的，一輛淺藍色的跑車，兩分鐘之前，由我住所門口向南駛去，請通知所有的巡邏車，留意它的去向，駕車的是雲五風，他可能會不顧任何交通規則而開快車，不，千萬別截阻他，盡可能留意他的目的地，一有了消息，立時通知我，我會駕車在公路上，是的，十分緊急！」

木蘭花按下了無線電通訊機器的掣，轉過頭來道：「秀珍，我們走！」

穆秀珍道：「你是想知道五風到何處去，我們跟蹤前往，好見機行事？」

木蘭花點著頭，道：「快去換衣服！」

她們兩人奔進了臥室，以最快的速度換了衣服，奔下樓，上了木蘭花的車，直駛出了車房，在公路上，向南飛馳著。

她們剛駛出了不久，無線電話便「滋滋」響了起來，木蘭花按下了一個掣，聽得一個警官道：「我是第三十九號巡邏車，控制中心命我向木蘭花小姐報告一輛淺藍色跑車的情形。」

木蘭花忙道：「我是木蘭花，請說。」

那警官道：「我在五分鐘之前看到那輛車，轉向第七號公路，向西駛。」

木蘭花說了一聲「謝謝」，按下了掣。

穆秀珍駕駛著車，轉眼之間，已駛到了第七號公路的交岔口，她迅速扭轉駕駛盤，車胎和路面摩擦，發出難聽的滋滋聲來，車子已急轉了過去。

這時，木蘭花又接到了另一輛警方公路巡邏車的報告，雲五風的車子仍在第七號公路上，向西疾馳，穆秀珍踏下油門，車速高達一百二十哩。

因為據那輛巡邏車的報告說，雲五風的車子，也正以這個速度奔馳著。

在疾駛中，只聽得風聲呼嘯，兩旁的景物幾乎完全看不清楚。木蘭花沉聲道：「第七號公路直通向前去，是通到海邊去的！」

穆秀珍道：「他們約了雲五風在海邊相會？」

木蘭花苦笑道：「當然不會在海邊的沙灘上，極可能是在一艘停泊在海邊的遊艇上！」

公路在那，接連著幾個迴旋，而且路面急速地向下傾斜，開始從山上斜落向海邊。在那樣的情形下，以如此高速行駛，是十分危險的事，需要高度的技巧。

穆秀珍不斷地旋轉駕駛盤，絕不減低速度，好幾次在轉彎的時候，車子傾側得只有一邊的兩隻車輪著地。

等到車子轉出一座山頭之際，她們已可以看到海邊，她們也看到了雲五風的車子。

雲五風的車子就拋在海邊，有一個人正向海邊奔去，從身形看來，正是雲五風。

2 摩亨將軍

穆秀珍大叫道：「五風！」

可是，她們雖然可以看到雲五風，事實上，卻還隔得相當遠，雲五風當然聽不到穆秀珍的叫聲。

只見雲五風繼續向前奔著，而在海面上，有一艘快艇，正以極高的速度向海邊駛去。

木蘭花忙叫道：「停車！」

穆秀珍叫了起來，道：「停車？我們可以追上他了！」

木蘭花厲聲道：「停車，我們追不上他，而現在，是我們獲得線索的唯一機會。」

穆秀珍極不願意停車，可是木蘭花很少用那樣嚴厲的聲調來說話的，是以穆秀珍也不敢不停，她用力踏下剎車掣，車子發出一下極難聽的聲音，車子打了幾個轉，但終於停下來。

木蘭花連忙在車艙板下的箱中，取出了一具紅外線望遠鏡來，湊在眼前。她看到那艘快艇已經駛到了沙灘邊，停了下來，在快艇上，有一個穿藍色水手服的男人，而雲五風正在向前奔過去。

雲五風奔到了快艇前，像是和那水手在講話，那水手轉過臉來，木蘭花恰好看到他的正面，那是一張沒有什麼特徵的臉。

但是在這樣的情形下，這張臉印入了木蘭花的腦海之中，木蘭花是一世也不會忘記的了！

她看到雲五風上了快艇，快艇立即又向前駛出去，木蘭花的望遠鏡，一直跟著快艇，直到看到了一艘約有五十呎長的白色的遊艇。

木蘭花沉聲道：「快通知警方，一艘五十呎長的單桅遊艇……叫作……叫作……」

木蘭花在留意看清那遊艇的名號，可是由於距離遠，她卻看不清楚。

而就在那一剎間，那遊艇和快艇已靠在一起，水手和雲五風都上了船，那遊艇也以極高的速度，向前駛了出去。

遊艇向前駛出的速度十分高，船尾像是利剪一樣，將平靜的海面剪開了兩道白波。

穆秀珍在不斷地說著：「這艘遊艇向西南方向駛去，速度極高！」

無線電話中也傳來了回答：「已通知水警總部，立時派水警輪追蹤，直升機也已出動。」

木蘭花放下了望遠鏡，道：「不可展開攻擊，我們有兩個人在那艘遊艇上！」從望遠鏡中，可以一直看到那艘遊艇，只剩下了一個小白點，但是還未見有水警出現，而直升機的軋軋聲則已傳了過來。

就在兩架水上直升機開始進入木蘭花的視線之際，木蘭花接到了方局長的無線電話，方局長在電話中問道：「蘭花，發生了什麼事？」

木蘭花道：「局長，有人在我家中，將安妮擄走了！」

方局長的聲音陡地窒了一窒，這實在是太駭人聽聞的事，乍聽之下，幾乎是叫人無法相信的，但是話出自木蘭花之口，卻又叫人不能不信。

方局長在呆了一呆之後，立即道：「蘭花，你需要動用什麼力量，只管說。」

木蘭花道：「別的不需要什麼，請你通知已在海面上的直升機，降落在海灘上，我們三分鐘之後就可以趕到，這輛直升機就撥給我們使用。」

方局長忙道：「可以的。」

木蘭花放下了無線電話，直到這時候，才看到幾艘水警輪自遠處駛來。水警輪行駛的速度，和那艘白色的遊艇相比較，慢得就像是蝸牛一樣。

木蘭花只看了一眼，便道：「我們到海灘去，等候直升機。」

她們兩人一起上了車，仍由穆秀珍駕著車，車子在傾斜的公路上，迅速駛下去，轉了兩個彎，便已到了公路的盡頭。

穆秀珍將車子直駛上了海灘，這時，一架直升機也已轉了回來，緩緩在海灘上停下，雙方的時間配合得十分好，直升機剛停下，兩個警官自機艙中跳了出來，木蘭花和穆秀珍則奔向前去。

五分鐘後，木蘭花駕駛著直升機，已經在海面之上了。在黑夜之中，大海閃耀著一種極其神秘的光芒，天色雖然黑，但是直升機上有著雷達探測儀和紅外線觀察鏡，要發現一艘白色的遊艇，並不是什麼難事。

她們一直向遊艇駛出的方向飛著，她們發現了好幾艘漁船，但是卻沒看到那艘遊艇。

她們已來到離岸足有三十浬處了，算來，那遊艇的速度再快，直升機總是可以追得上的，但是，大海茫茫，極目望去，卻沒有那艘遊艇的蹤跡。

直升機還在繼續向前飛，可是駕駛錶板上，有一盞紅燈突然亮了起來。木蘭花苦笑了一下，道：「燃料快用完了，我們只好降落了！」

木蘭花是處事十分細心的人，她一直在注意燃料的消耗情形，但是她由於想追上那艘遊艇，是以才一直向前飛去的，這時，木蘭花令直升機在空中盤旋著，迅速地降落在水面上。

等到直升機的機翼停止旋轉之後，四周圍靜到了極點，木蘭花坐在駕駛位下，雙手捂著臉，一句話也不說。

穆秀珍望著她，道：「蘭花姐，我們怎麼辦？」

木蘭花放下了雙手來，她神情看來有點疲乏，她道：「和警方聯絡，告訴他們位置，請他們派另一架直升機送燃料來。」

穆秀珍急著道：「我們不追那遊艇了？」

木蘭花說道：「現在怎麼追？難道我們游泳去追？」

穆秀珍咬了咬牙，不再說什麼，按下了無線電通訊儀的掣。

這時，在警局中，方局長和幾個高級警官，全在通訊室中，通訊儀一有了訊號，方局長立時道：「蘭花，怎麼樣，追上了沒有？」

方局長聽到的，是穆秀珍的聲音。

穆秀珍的聲音，聽來又是沮喪，又是焦切，她道：「沒有，我們的直升機燃料用完了，我們在海上降落，快派人送燃料來，請記下我們所在的位置。」

方局長忙向身邊的一個高級警官揮了揮手，那位警官拿起了一枝筆，將穆秀珍所說的位置記了下來。

方局長又道：「秀珍，你們得小心一些，你們是在公海之中，如果出了事，不免麻煩。」

穆秀珍答應了一聲，就在那時，方局長在無線電話中，好像聽到了一陣水流的沖擊聲，像是突然之間起了一個大浪一樣。

方局長知道木蘭花駕駛的直升機是停在海面上的，是以他聽到了水流的衝擊聲，也不以為意，他卻沒有深一層地想一想，在平靜的海面上，是不會有海濤突然湧上來的。

直到半小時之後，方局長才想起那一陣突如其來的水流衝擊聲，十分可疑，但那時，已經遲了！

那時，方局長已接到了出去補充燃料的直升機的報告：他們找到了燃料用完的直升機，那直升機停在穆秀珍報告的位置上，機件完好，在補充燃料之後，就立即可以起飛。

可是，在直升機的機艙之中，卻沒有人，木蘭花和穆秀珍全不在。

在直升機的附近，沒有任何船隻，直升機上的小型充氣救生艇也完好未動，可是，木蘭花和穆秀珍兩人都不在直升機中！

木蘭花、穆秀珍在海上失蹤了！

方局長接到了這樣的報告之後，震驚之餘，才想起了那一陣突如其來的浪花聲，他知道就在那一剎間，在海面上，一定曾發生了什麼意外！

只可惜當時他未曾想到，沒有問一問，而現在，他自然無法猜度，那是發生了什麼意外。

安妮在住所被擄，這已是駭人聽聞的事了，而如今木蘭花和穆秀珍兩人又在海面上失了蹤，方局長抬頭向幾個高級警官望去，那幾個高級警官面面相覷，誰都提不出意見來。

最後，還是一個警官道：「局長，既然發生了那麼嚴重的事情，我看應該和高主任聯絡一下，聽聽他的意見。」

方局長嘆了一聲，點了點頭。

通訊室的工作人員立時忙碌了起來，他們也知道，事情十分緊急，他們必須在最短的時間內，找到高主任，讓方局長和他通話！

當安妮走進書房的時候，她的心情仍然是極其輕鬆的，穆秀珍要來住幾天，這真是令人高興的事。

安妮不是不歡喜和木蘭花在一起，但是她特別喜歡和穆秀珍在一起，卻也是事實！

她一面哼著歌，一面著亮了燈，來到了書桌之前，拉開了抽屜，將一本數學簿取了出來，怎知就在這時，她突然聽得窗幔之後傳來了「窸窣」一聲響。

安妮連忙轉過身來，可是，她才一轉過身，又是一下極其輕微的「啪」地一聲，安妮覺得肩頭之上突然麻了一麻。

她連忙低頭看去，只見肩頭上，已被一枚針射中，安妮在剎那間立時知道發生什麼事了，她張口想叫，但是張大了口，卻也發不出聲音來。

緊接著，她的身子突然向前一衝，「砰」地一聲，撞在那張旋轉的椅子上，將椅子撞倒。

在那片刻之間，她的神智還是清醒的，她聽得穆秀珍在臥室中高聲叫道：「小鬼頭，小心些！」

然而她卻無法回答，她看到兩個人迅疾無比地自窗幔之後走了出來，來到了她的身前。其中一個，一俯身，將她負在肩上，兩個人便向書房外走去。

那兩個人，一定都穿著十分柔軟的軟底鞋，因為他們行動之際，一點聲音也未曾發出來，安妮的身子軟弱得一點力道也沒有。

當她被負著，一直下了樓梯，穿過了客廳，來到花園中時，她才感到了眼前發黑，昏了過去，什麼也不知道了。

等到她又漸漸清醒，有了知覺時，她聽到身邊是一陣陣的腳步聲，像是有人在她的身邊踱步。

安妮已有足夠的機會思考，在那時候，仍然一動也不動。她自然知道發生了什麼事，她被人出其不意地用強烈的麻醉針射擊，從家裡帶到了另一個地方！

安妮緩緩地吸著氣，好使自己的神智更清醒一些，這時，她一點恐懼的感覺也沒有，十分鎮定。

如果要說她心中有什麼異樣感覺的話，那只是好奇，在奇怪什麼人有那麼大的膽子，敢躲在木蘭花的住所，又在木蘭花的住所之中，將她擄走。

安妮並沒有睜開眼來，然而憑感覺，她也可以知道，她是躺在一張不甚柔軟的床上，那張床，像是在輕輕搖擺著，不，不是床在搖擺，一定是整間房間在搖擺。

不，房間是不會搖擺的，她一定是在船艙中，而那艘船，則正停泊在平靜的海面上。

安妮立時想到自己是在一艘船上，她仍然不睜開眼來，她聽到腳步聲一直在她的身邊響起，正當她想慢慢睜開眼來看看的時候，她聽到艙門被打開的聲音和腳步聲，那是另一個人走進來了。

原來的腳步聲立時停止，安妮聽得進來的那人道：「已經和雲五風通了電話。」

另一個人道：「怎麼樣，他答應來麼？」

那一個道：「他不信我們能在木蘭花的家中擄走了安妮，但是當他弄明白真相之後，他一定會來的！」

另一個著急道：「他有什麼法子弄明白？我們早就割斷了電話線！」

那一個道：「他會去！」

另一個罵道：「笨蛋，他和木蘭花會面之後，就會告訴木蘭花他要去的地方，木蘭花會和他一起來！」

另一個道：「放心，不會的，我已事先警告過他，只能是他一個人前來，有人一起來的話，她就沒命！」

那一個「哼」地一聲，道：「但願如此，你要明白，我們是在虎頭上拔鬚，木蘭花絕不是好惹的人物，今晚若不是穆秀珍恰好來到，她們正高興，說不定一回到家中，就發現了我們！」

另一個不以為然，道：「你也別將她看得太厲害了，我們不是已順利得手了麼？」

那一個道：「這只是第一步，要到雲五風來了，我們才算是成功了！」

另一個沒有再出聲，安妮一面聽他們兩人講著，一面心中在迅速地轉著念。

她本來不明白自己為什麼會遭擄劫，現在總算明白了，那些人制住了她，主要的目的，就是為了要威脅雲五風前來。

可是這些人為什麼要威脅雲五風呢？安妮卻想不出其中的道理來。

她慢慢地將眼打開一道縫，果然，她是在一個船艙之中，艙中的光線很黯淡，然而也足夠使她看清那兩個人的面目了。

那兩個人的身形都長得很高，大約三十上下年紀，從他們的樣子看來，他們實在不像是職業犯罪分子！

當安妮將雙眼打開一線之際，那兩人中的一個，正打開門向外走去，在門打開的時候，安妮看到門外，另外有兩個人守著，都執著槍。

而在艙中，在一張几上，也放著一柄槍。

安妮慢慢地伸屈著手指，她的手指可以活動自如，而那柄槍，距離她只不過三四呎。如果她能夠將那柄槍搶在手中的話。

當安妮想到了這一點的時候，艙門關上，那人已經走了出去，在艙中的那個人，正背對著安妮，如果這時候再不下手，那就沒有機會了。

安妮倏地彎起身，就在她一彎起身來之際，那人也疾轉過身來，安妮的手向那小几上伸出，那人也陡地伸出手來。

他們兩人同時去抓那柄槍，但是安妮的手快了十分之一秒，她先將槍抓在手中。

然而，安妮卻未即將槍拿過來，因為她五指一緊，剛握住了槍柄，那人的手也疾壓了下來，壓在她的手背之上，安妮立時雙腿一縮，雙腳用力蹬出，正蹬在那人的小腹之上。

這時，安妮的身子雖然已經彎了起來，但是她還是靠著床沿的，是以她雙足一蹬，可以有地方借力，一蹬的力道便相當大。

那一蹬，令得那人向後倒退了兩步，安妮一揚手，已經將槍握在手中，那人立時大聲叫了起來，那人才一叫，船艙的門便被人推開，有人道：「什——」

那推門進來的人，只講了一個字，安妮便已經扳動了槍機。

一下槍響，艙門「砰」地又關上，門外傳來有人跌倒的聲響，和混亂的人聲、腳步聲。

安妮立時又用槍指住了那人，站了起來，冷笑道：「有趣麼？我是你們的俘虜，但是你，卻又是我的俘虜！」

她一面說著，一面取過了一張椅子來，喝道：「背對著我坐下來，別以為我不會開槍！」

那人的神情，又是憤怒，又是尷尬，但是在安妮的槍口下，他卻又絕沒有反抗的餘地，他走過來，在那張椅子上，背對著安妮坐下。

安妮以槍口對準了他的後頸，這時，門外傳來了大聲的喝問聲，道：「二二〇，你怎麼了？」

那個叫做二二〇的人並不出聲，安妮以槍口在那人的後頸上抵了抵，道：「回答外面，說你已經成了我的俘虜！」

那人乾咳了一下，道：「我成了她的俘虜！」

門外又傳來了一陣交談聲，但是聲音十分低，卻聽不出門外的人在商議什麼。而在那一剎間，安妮也在迅速地思索著。

她已知道，被她制住了的那個人，叫做二二〇。那自然不會是一個人的名字，只不過代號而已。值得人注意的是，什麼樣的人，才會有這樣古怪的代號呢？普通的犯罪分子是不會有的，有那樣代號的人，一定是間諜，特務！

然而，想到了這一點之後，卻令得安妮更加迷惑了，她在暗忖著，一個間諜組織要雲五風為他們做什麼呢？

安妮正在想著，門外已有人高聲道：「安妮小姐，我看，我們之間有誤會了！」

安妮冷笑道：「是麼？我好好地在家中，你們用麻醉針使我昏過去，將我帶到船上來，真是一個好大的誤會，是不是？」

門外又傳來了兩下乾笑聲。

接著，又有人道：「安妮小姐，我們並沒有惡意！」

安妮又冷冷地道：「對，你們善意得很！」

門外那人道：「如果我們有惡意的話，可以在你昏迷的時候就害你，我們的意思，不過是想扣留你，然後，請雲五風幫我們一個忙。」

安妮依然冷笑著，道：「不會有什麼人幫你們的忙，你們不想同伴死在我的槍下，就儘快讓我離去！」

安妮這句話叫了出來之後，門外又是一陣商議聲和腳步聲，接著，便沒有了聲息，像是所有的人都已經走了開去。

安妮的心中正在疑惑間，只聽得一陣快艇的摩托聲傳了開去。

安妮雖然已制住了他們中的一個，但是她還在敵人的船上，那甚至不是均勢，除非她制住的，是一個十分重要的人物，使對方不敢犧牲這個人，然而從現在的情形看來卻又不像。

安妮緩緩地吸了一口氣，沉聲道：「二二〇，你不想死的話，就得設法令我離去。」

那人的聲音很鎮定，道：「我想，你也知道我們是什麼人了，做了我們這一行，死亡根本不算一回事，你是嚇不倒我的，還是放下槍來，好好地和我們談判，我們只不過要雲先生做一件事，這件事，對雲先生來說，是輕而易舉的！」

安妮「哼」地一聲，道：「可是你們卻用了那樣卑劣的手段，雲五風絕不會為人威脅的！」

二二〇卻道：「會的，我們調查得很清楚，深知雲五風和你的感情，要不然，我們怎會冒那麼大的險，將你從木蘭花的家中帶出來！」

安妮還想再說什麼話時，只聽得快艇的機器聲又傳了回來，而船上也有人高聲叫道：「雲五風來了！」

安妮呆了一呆，後退了一步，一伸手，扯脫了身後窗上的窗帘，她看到一艘快艇疾駛了過來，船上除了駕駛的一個水手之外，還有一個人，正是雲五風。

雲五風的神情，看來又焦急，又憤怒，小艇一靠了船，雲五風就跳了上來。

安妮忙大聲叫道：「五哥！」

雲五風顯然聽到了安妮的叫聲，他立時停了一停，叫道：「安妮，你怎樣了？」

安妮叫道：「我很好，非但很好，我還活捉了他們一人，傷了他們一人！」

雲五風在安妮說話之際，已向著那船艙的窗口，直走了過來，可是，他只走出了兩步，就被兩個人執住了他的手臂，疾拖了回去。

安妮又大叫道：「五哥，他們有事要求你，別屈服，我沒有事！」

就在這時，船身激烈地震盪了起來，一下震盪之後，船已迅速向前駛出！

雲五風在小艇上上船，船以極高的速度向前駛出，這一切，木蘭花在望遠鏡中，卻是看得清清楚楚的，但木蘭花自然看不到船艙中的安妮，也聽不到安妮和雲五風兩人的對話。

而安妮當然更不知道，在雲五風上船的時候，木蘭花和穆秀珍兩人正在海邊山頭上的公路上，注視著他們。

雲五風被人拖去之後，安妮的心中一陣亂，她好像看到有人掩向窗口，是以她連忙移了移身子，移到了船艙的角落中。

在那角落中，就算有人掩到了船艙的窗前，也是發現不了她的。

安妮的心中十分亂，她心情繚亂，倒不是因為她身在敵人的船上，而是因為雲五風那種急切的神情引起的。

雲五風那種對她毫無保留的關切，使她少女的芳心泛起了一陣陣的漪漣，亂得一時之間，根本無法集中思緒去想一件事。

少女情懷，本是容易激盪的，而安妮這時，就在那種異樣的激盪心情之中！

雲五風被那兩個人拖到了船頭，他憤怒地叫道：「放開我，你們究竟想怎樣？」

那兩人並沒有放開雲五風，可是他們的態度卻很恭敬，他們道：「對不起，雲先生，請你和摩亨將軍見見面，他在等你！」

雲五風不禁呆了一呆，他本來是一直在掙扎著的，但是聽到了「摩亨將軍」的名字之後，他卻不再掙扎了。

他不知道摩亨是什麼人，但是他想到，事情和自己的想像顯然有很大的不同，他在一接到了電話，電話中有人告訴他安妮被擄，要他到第七號公路的盡頭海灘上來，自然會有人接他。雲五風一直以為，那是一件犯罪組織幹的事。

可是這時，他卻聽到了摩亨將軍的名字！

犯罪組織之中，是不會有什麼將軍的，那麼，這干人是屬於一個國家的軍事組織的人了。

他們究竟是屬於那一個國家的？或者，正確一點說，他們是屬於哪一個亞洲國家的？

因為直到現在為止，雲五風所接觸到的人，毫無疑問，全是亞洲人！

雲五風在呆了一呆之後，道：「你們放開我，我會自己走著去見他！」

那兩個人互望了一眼，這時，從船舷上，又有四五個人走了過來，雲五風是無法敵得過對方那麼多人的，是以那兩個人也就鬆開了手。

雲五風一直向前走著，船在海中疾駛，速度之高，使雲五風也感到驚訝，因為以船身的大小而言，普通的機器是實在難以達到這種高速的。

雲五風可以是說是機械科學方面的天才，他自然知道，那不是一艘普通的船隻！更何況，船上還有一位將軍！

雲五風被帶到一間船艙之前，兩個人踏前一步，在艙門上敲了兩下，然後，艙中有一個人打開了門，那人道：「雲先生，請進來。」

雲五風走了進去。

艙中的佈置十分華麗，看來不像是一個船艙，倒像是一間重要人物的辦公室。

船艙中只有兩個人，一個是打開門，讓雲五風走進去的瘦個子；另一個，是五十上下，頂門半禿的人，坐在辦公桌後。

他看到雲五風，站了起來，道：「請坐，請原諒我們以這種方式邀請你！」

雲五風直來到了辦公桌之前，道：「你就是那位摩亨將軍？」

那中年人點了點頭，雲五風立時沉聲道：「先恢復了安妮的自由，再說其他！」

摩亨將軍笑著，道：「安妮小姐現在很安全，倒是我的手下二二〇，在她的手槍控制下，隨時都可以有生命的危險，你請看！」

摩亨伸手，向雲五風的背後指了一指。

雲五風立時轉過身去，他看到，在他的身後，艙壁上有一具電視機，在那具電視機中，可以清楚地看到安妮所在的那一個船艙中的情形，安妮在船艙的一角，手中執著槍，對著一個背部對著她而坐的人！

3 一命換一命

雲五風看到安妮無恙，大大地鬆了一口氣，但是他仍然氣呼呼地，在摩亨將軍的對面，坐了下來。

摩亨將軍道：「雲先生，首先，要請教你一個問題，從技術上而言，一般巨大的、通上電流的電網，是不是可以被繫著在空中飛行？」

雲五風呆了一呆，他的工作，就是整天接觸科學技術上的問題，可是卻再也沒有比這一個問題，要來得奇怪一點的了！

本來，他是絕不想回答對方的任何問題的，但是由於這個問題實在太奇特了，他才「哼」地一聲，道：「那張網有多大？」

摩亨將軍道：「一哩平方！」

雲五風立時「哈哈」大笑了起來，道：「你用那麼大的一張網來做什麼？網取天上飛行的野鴨子麼？告訴你，不可能！」

摩亨的神情卻十分嚴肅，他道：「雲先生，我們需要正式的回答，不是隨口的否定！」

雲五風道：「好，我給你正式的回答，這張網，我假定你用最輕的，導電性能又最優良的金屬絲來製造，它的重量，至少也超過十噸！」

摩亨道：「十二噸，我們用鋁和稀有金屬的合金，製成了這張網！」

雲五風又呆了一呆，眼前這個將軍，一定是瘋了，沒有人會去製造一張如此巨大的金屬網。而如今，摩亨將軍已說出了它的重量來，那麼，他一定是已經製成了一張這樣的大網了。

雲五風望著摩亨將軍，一時之間說不出話來。

摩亨將軍拉開抽屜，取出了一張放大成二十吋乘二十吋的照片來，道：「這就是那張大網。」

他又將捲成極細的金屬絲放在桌上，道：「這就是那種合金，它的導電系數——」

雲五風只向那金屬絲看了一眼，就道：「是在十七和二十之間。」

摩亨將軍讚嘆地說道：「真是專家，是十八點六。」

雲五風又看看那張照片，照片上是摺疊在一起的一張大金屬網，旁邊有人，金屬網折疊著，還有一丈見方，比兩個人還高。

這樣的一張大網，要通電之後在空中飛行，那有什麼作用？

雲五風的心中，充滿了疑惑，然後，他道：「對不起，我無法提供進一步的意見，這是我知識範圍以外的事，而且，我厭惡戰爭！」

摩亨將軍背靠向椅背，他望著雲五風，雖然他不說話，但是雲五風卻已在他的眼中，領會到一種極度的威脅的意味。

摩亨將軍望了雲五風好一會，才道：「我們已作過世界範圍的調查，知道如果你不能提供進一步意見的話，就沒有人可以提供了，所以我們想請你合作，提供進一步的意見。」

雲五風冷冷地道：「那就是沒有人可提供！」

摩亨將軍厲聲道：「然而你能夠的，雲先生，我不會殺死你，但是我們會對安妮小姐下手，以懲戒你對我們的不合作！」

雲五風霍地站了起來，他本來是一個害羞的年輕人，不甚善於和別人交涉，而且他的口才也不很流利，可是這時，他卻像一頭被激怒的獅子一樣，一站起來之後，厲聲道：「將軍，我不理會你是什麼將軍，不論你如何威脅我，你在我身上，都得不到任何好處！」

摩亨將軍也霍地站了起來，他和雲五風都向前俯著身子，以致他們兩人之間雖然隔著一張桌子，但是兩人的臉卻隔得十分近，相互瞪視著對方。

過了好一會，摩亨將軍才冷笑著，指著雲五風身後的那具電視機，道：「雲先生，我不會威脅你，可見安妮小姐的生死，在你的手中！」

雲五風因為心情激動，激動之中帶有憤懣的顏色，是以他的面色看來變得十分蒼白，他倏地轉過身去，也望著電視機。

在螢光幕上，可以看到安妮仍然在艙房的一角，也現出十分不安的神情來，她的神情，有著一種真切的等待，她是知道雲五風到了船上的，而雲五風在被人拉開之後，一直沒有消息，她又無法衝出艙房去看個究竟，心中自然不免焦急。

摩亨將軍冷冷地道：「怎麼樣，雲先生，你有了決定沒有？」

雲五風緩緩地吸了一口氣，道：「讓我先和她講幾句話再說。」

摩亨將軍笑了起來，道：「完全可以，只要你肯答應，你能夠提出任何條件！」

他一面說，一面已按下了他寫字檯右列的一個掣鈕。

他才按下了那個掣鈕，電視中的安妮，便震了一震，顯然是她已聽到外來的聲音，而雲五風也立時叫道：「安妮，你沒有事？」

安妮轉著頭，向著聲音傳來的方向，那是一具隱藏著的擴音器，她道：「我很好，你呢？」

雲五風道：「我也很好，我是摩亨將軍的貴客，他們有一個技術上的問題要我解決，所以我是不會有事的，你別擔心我！」

安妮呆了一呆，道：「五哥，你那樣說是什麼意思？」

雲五風略停了片刻，但是那只是極短的時間，不會超過半秒鐘，因為在他和摩亨說，他要和安妮講幾句話時，他已經有了決定。

他立即說道：「安妮，我會留在他們這裡，替他們解決這個技術上的問題，我會叫他們先讓你回去。」

安妮的神情極其激動，以致她的聲音聽來也有點變樣，她大聲道：「五哥，他們威脅不了我，你也不必因為我在船上，而向他們屈服！」

雲五風的心頭像是壓著一塊大石，安妮是一個極其倔強的女孩子，這一點，雲五風太知道了，所以，他不得不道：「安妮，別那麼想，我留下來，替他們解決那技術問題，主要是因為我自己對這個問題很有興趣，你別以為我那麼容易向人屈服的！」

雲五風的話剛一講完，安妮已大聲叫了起來，道：「五哥，你在撒謊！」

雲五風的確是在撒謊，他全然是為了安妮的安全著想，才會答應留下來的，所以，安妮大聲一叫，他變得一句話也講不出來，呆了一會，只好嘆了一口氣。

安妮又道：「他們用那樣卑劣的手段要你幫忙，五哥，你想一想，如果你替他們完成了工作，他們真會讓你安然回來嗎？他們一定會——」

安妮才講到這裡，「啪」地一聲，摩亨將軍又按下了那個掣，安妮繼續又說了些什麼，雲五風完全聽不到，但是，在電視螢光幕迅速黑下去之前，雲五風還可以看到安妮口唇的動作。

他可以知道，安妮所未曾說完的那句話是：「他們一定會殺了你。」

那摩亨將軍一定是知道了安妮要說什麼，而他又不想雲五風聽到安妮的話，所以才急急切斷了雲五風和安妮的對話的。

而摩亨將軍之所以不願意安妮的話被雲五風聽到，這理由很簡單，雲五風的心中十分明白，那就是，正如安妮所說，只要雲五風幫他們解決了問題，他們一定會將雲五風殺掉。

在電視螢光幕上，已經看不到另一個船艙中的安妮，雲五風仍然呆了一呆，才轉過身來。

他剛一轉過身來，摩亨將軍便陰森地笑著，道：「雲先生，你已經答應和我們合作，這真是一個聰明的決定，我們可以立時釋放安妮小姐！」

雲五風冷冷地道：「我倒看不出什麼聰明，一命換一命，這是最老實的交易！」

摩亨忙分辯道：「雲先生，你放心，只要你的努力使我們成功，那麼，我們絕不會虧待你，更不會對你下任何毒手的！」

摩亨將軍雖然一本正經地保證著，但雲五風自然不會去相信他的話。然而，那卻並不影響雲五風的決定，雲五風的決定是：只要安妮安全，他自己的安危絕不放在心上，所以他冷冷地道：

「你不必花言巧語，只要你立即釋放安妮，並且讓我知道她的確已經安全，我就會開始替你們工作，不然你什麼也得不到！」

摩亨得到了雲五風如此肯定的答覆，他高興得不斷地搓著手，道：「自然，自然！」

他一面說著，一面按下了對講機的掣鈕，道：「準備高速小艇，讓安妮小姐乘搭。」

雲五風插言道：「現在我們離開海岸已經很遠，小艇能將她安全送到岸邊？」

摩亨道：「放心，這種超速小艇的速度極高，只要她上了小艇，一小時後，她就可以上岸了！」

雲五風又深深地吸了一口氣，沒有說什麼。

那時，在安妮所在的那個船艙外，四個人突然將艙門打了開來。

他們一打開艙門，就立時閃開了身子，安妮也立時以槍向著門外，她知道門旁有人躲著，除非她衝到門口，她也無法射擊那些躲著的人。

門才一打開，門外便有人道：「安妮小姐，放下你手中的槍，你可以離去了。」

安妮聽了之後，略呆了一呆，剛才她和雲五風通話，已經提醒了雲五風，和對方合作的結果，可是現在仍然有這樣的事發生。

因此可知，雲五風仍然答應了和對方合作，安妮自然也可以知道，雲五風之所以答應，完全是為了她！

當安妮想到這一點的時候，心頭不禁一陣發熱！如果不是她還陷身敵中，她定會流下淚來的了！

這時，她緩緩站了起來，一直背對著她而坐的那二二〇，道：「安妮小姐，你可以走了，我們說讓你離去，就是真的讓你離去！」

安妮陡地踏前一步，用力在椅背上推了一下，那突如其來的一推，令得二二〇的身子，連人帶椅向前一衝，「砰」地一聲跌倒在地。

二二〇反應也十分快，他才一跌在地，便突然一個打滾，已滾出了艙去。

安妮本就知道，制住了對方一個普通人員，是沒有什麼用處的，她剛才將二二〇推倒，只不過是為了發洩心頭的怒意而已。

等到二二〇向外滾出去之後，她也大踏步出了船艙，她的手中還握著槍，是以她一出船艙，船艇上便是一陣大亂，原來躲在門外的人紛紛向後退去，躲在有掩蔽的地方。

安妮站在船舷上，船的速度已經減慢，但海風仍然十分勁疾。海風吹拂著她的頭髮，安妮看到一架小型的起重機，正吊起一艘快艇，在緩緩地向下放去。

躲在離她最近的掩蔽物後的一個人大聲叫道：「放下槍，不然你一向前走，我們就射擊！」

安妮的臉上掛著十分冷漠的笑容，從她的那種笑容看來，她的心中顯然沒有將敵人的任何威脅放在心上，她緩緩向前走著。

她才走出了兩步，槍聲便響了起來，子彈在她的身邊呼嘯掠過。

安妮仍然冷笑著，她知道，那些人如果真要射擊她的話，在那麼短的距離下，早已射中了，子彈在她的身旁掠過，這表示那些人不敢殺她！

可是，儘管明白這一點，要在槍聲不絕，子彈迸射的情形下，繼續向前走去，仍然需要非凡的勇氣，而安妮幾乎連停也未曾停，一直向前走著。

她看到有兩個人自掩蔽物後急急後退，大聲叫道：「將軍！」

接著，又有幾個人自船艙中走了出來，滿面怒容，一個人向著安妮厲喝道：「已替你準備了小艇，你再不離去，可是自討沒趣！」

安妮也厲聲道：「我會走，但是，一定要兩個人一起走！」

那人怒道：「——」

可是他下面的話還未曾講出來，安妮已突然揚起槍來，射了一槍。

那一槍，看來是隨便射出的，根本沒有瞄準，但是安妮的槍法，已然到了不必瞄準的程度，槍聲一響，那人的身子陡地一震，「嗤」地一聲響，一陣焦臭的味道揚了開來，那人連忙伸手向鬢邊一按，子彈恰好在他的鬢邊掠過，將他的頭髮燒去了一片。

那人駭得立時後退，他後退得太匆忙了，以致「砰」地跌倒在甲板上。

他不及站起身來，就怪叫道：「放麻醉氣！」

在船艙的轉角處，立時發出「嗤嗤」的聲響，有兩股勁疾的白霧，向著安妮直噴了過來，立時將安妮的身子圍住。

安妮陡地晃了一晃，在那剎間，立時射了三槍，但是這三槍卻是在毫無目的的情形之下射出來的，自然不會有什麼結果。

安妮想立時屏住氣息，但是已經來不及了，她只覺得天旋地轉，終於昏了過去，跌倒在船舷上。

船上發生了那樣的大亂，槍聲四起，可是在艙中的雲五風卻一點也不知道，因為摩亨將軍的艙房有著最完備的隔音設備。

但是摩亨將軍卻是知道的，因為摩亨將軍坐在桌後，在他的桌子邊上，有著一列螢光幕只有一吋半的小電視機，他在那些小電視機中，清楚地看到外面所發生的一切事，直到安妮昏過去。

雲五風在艙中不住地踱來踱去，他已提出了好幾次要求，道：「讓我出去，和安妮道別！」

但是摩亨的回答只是「不行」兩字。直到他看到安妮昏倒在船艙上，麻醉氣被風吹散，他的手下已湧過去將安妮扶了起來，他才道：「雲先生，你可以在得到了安妮安全回家的確實證據之後，才為我們工作，對你來說，並不吃虧。」

雲五風在沙發上坐了下來，他瞪著摩亨，然而自他的眼中看出來，卻看不到摩亨，在他眼前的，是安妮的倩影，他閉上眼睛，心中在想，只要安妮沒有事，那別的什麼，他都不在乎了！

高翔是在接到了本市警局的長途電話之後，透過國際警方，借到了一架噴射機，立時趕了回來的。

當他一下機，方局長和幾個高級警官，已駕著車，直駛到了他的身前，高翔也立時上了車。

所有人的神色都很凝重，高翔急急地問著，方局長一一回答著，高翔越是聽，眉心的結，就打得越是深，他簡直不能相信那是事實。

他們回到了警局，方局長首先將他和穆秀珍最後通話的錄音帶，放給高翔聽，錄音帶中，那一陣奇怪的流水聲，也聽得很清楚。

高翔反覆地聽了幾遍，道：「據我的推測，是那時突然有一艘潛艇，自水面下升上來，海水在潛艇的艇身流下，就會發出那種聲音來。」

方局長駭然道：「那樣說，木蘭花和穆秀珍是被一艘潛艇帶走了？」

高翔點了點頭，站了起來。

他可以說從來也未曾遇到過那麼扎手的事情過，事情一開始，就顯得非比尋常了，在木蘭花的住宅中，竟有人成功地擄劫了安妮，而木蘭花和穆秀珍的追蹤，非但沒有結果，竟連她們也下落不明！

方局長望著高翔，高翔在思索了片刻之後，道：「這件事，照情形看來，主要的關鍵，是在雲五風身上，敵人擄了安妮，立時威脅五風，可知主要的目的，是想五風就範，我們——」

高翔才講到這裡，對講機中，已傳出了一個警官的聲音，道：「方局長，在海邊，巡邏警員找到了安妮小姐，她好像曾被麻醉，顯得很疲倦，所以警員將她送到醫院中去了！」

高翔直跳了起來，道：「我到醫院去，你們不必來了，人多了，安妮不肯說什麼。」

高翔說著，已向外直衝了出去，十三分鐘之後，他在走廊中奔走的腳步聲，使得醫院中的人，都以一種奇異的眼光望著他。

高翔推了病房的門，就看到安妮正和一個醫生在爭吵著，安妮大聲道：「讓我走，我沒有事！」

高翔忙叫道：「安妮！」

安妮轉過身來，看到了高翔，她陡地一呆，叫道：「高翔哥！」一面叫，一面她已忍了不知多久的眼淚，便撲簌簌地掉了下來。

高翔向那位醫生揮了揮手，示意醫生出去，他來到了床邊，安妮伏在他的肩上，道：「我昏過去了多久？你怎麼回來了？」

高翔忙道：「我得了急電，立即趕回來的。」

安妮抬起頭來，抹了抹眼淚，驚訝地道：「蘭花姐叫你回來的？」

高翔呆了一呆，他並不是不想將木蘭花和穆秀珍也出了意外的事告訴安妮，而是他實在不知道應該如何說才好。

他只是道：「不，不是她——」

安妮也是一呆，她已經敏感地覺出有意外發生了，是以忙道：「蘭花姐和秀珍姐，她們……她們怎麼不到醫院來看我？」

高翔苦笑道：「我不知她們在什麼地方，你被擄之後，五風去看過她們，立即又駕車走了，她們在後追蹤，看到五風到了一艘遊艇上——」

安妮忙道：「是的，我也在那艘遊艇上見到五風。」

高翔道：「蘭花和秀珍立時以直升機追蹤那艘遊艇，可是未有發現，她們的直升機燃料用完，停在海面，等候接援時，出了意外。」

安妮的臉色，在剎那間變得比床單更白，她的聲音也在發顫，道：「什麼意外？」

當她在那樣問的時候，她立時聯想到，不論是什麼意外，都是因她而起的！

高翔道：「現在還不能確切地知道，但是根據推測，好像是有一艘潛艇，突然由海中冒起，而她們被那艘潛艇帶走了！」

安妮緊握著高翔的手，她的手冰冷，而且在微微發抖。

高翔輕拍著她的手背，道：「安妮，蘭花是怎麼教你的，不論遇到了什麼變故，最重要的是鎮靜，我想，蘭花和秀珍遇到的意外，和整件事一定是有關連的，你先將你經過的事說一說，你怎麼會回來的？」

安妮深深地吸了一口氣，看樣子，她是在勉力鎮定自己，但是她的臉色仍然異常蒼白。

她開始敘述她的經過，高翔用心聽著。

等到安妮講完，高翔點了點頭，道：「我的推測不錯，關鍵是在五風身上，安妮，那些人是什麼人，一點也說不上來？」

安妮立時道：「他們是特務人員。」

「哪一國的特務人員？」高翔再問。

安妮道：「我不知道，他們是亞洲人，說著相當生硬的英話，可以看得出，他們都受過極其嚴格的訓練，對了，他們受一個將軍的領導，五風在和我通話的時候，提起過那個將軍的名字！」

高翔急忙問道：「那將軍叫什麼名字？」

這將軍叫什麼名字，那實在太重要了，有了這個將軍的名字，就可以知道對方是何方神聖，那麼，事情便可以有一個明朗的開端了！

安妮想了片刻，在那片刻之間，高翔真怕安妮的回答是「我記不起來了。」但是安妮卻是記得的，她道：「這個將軍叫摩亨，我記得，五哥說，摩亨將軍有事要他幫忙，是一個技術上的問題。」

高翔立時拿起了電話筒，撥著號碼，接通了警局的資料室去，道：「我是高翔，替我查一個叫摩亨將軍的人，我要他的全部資料，放在我的辦公桌上，對，摩亨將軍，你們可以著重在亞洲國家中尋找。」

高翔放下了電話，又道：「五風沒有和你提及，他們要五風解決的是什麼技術問題？」

安妮搖了搖頭，道：「沒有。」

高翔道：「好了，你精神不好，在醫院——」

安妮立時打斷了他的話頭，道：「不，我要立即出院，和你一起找蘭花姐、秀珍姐！」

高翔考慮了片刻，他心知在如今那樣的情形下，安妮是無論如何不肯再待在醫院中的了，是以他道：「好，你換衣服吧！」

高翔打開了門，走出了病房。

醫院的走廊上，有幾個病人坐著，也有醫院的工作人員在走來走去。

高翔在門口等了一會，安妮已經走出了病房，他們一起會見了醫生，醫生一面搖著頭，老大不願意地准許安妮離開醫院。

二十分鐘後，他們進了警局，走向高翔的辦公室，高翔一推開辦公室的門，就發現方局長在他的辦公室中，而方局長一見到了他，就道：「高翔，你要資料室查摩亨將軍的資料？」

高翔忙道：「是的，他是什麼大人物？」

方局長搖著頭苦笑，道：「你是從哪裡聽到這個人的名字的？」

高翔道：「不是我，是安妮聽到的。」

方局長望了安妮一下道：「根本沒有這個人，連聲音相同的也沒有！」

高翔呆了一呆，安妮忙道：「五哥是那樣說的，摩亨將軍，我聽得清清楚楚！」

方局長道：「可是沒有這個人，我已和軍事當局的資料組連絡過，他們的資料室中，也沒有這個人的資料！」

高翔呆了半晌，他本來以為事情可以開始明朗化了，但是找不到摩亨將軍這個人的資料，那麼，就等於沒有任何的線索了！

他也不禁苦惱地笑了起來，道：「安妮是不會聽錯的，據安妮說，擄劫她的那些人，肯定是某一國的特務人員，這位摩亨將軍，自然是該國的特務首長，摩亨可能只是一個代號，並不是他真正的名字，所以資料室中才找不到他的資料。」

方局長點頭道：「你的分析很有道理，安妮的遭遇怎樣？她是怎麼回來的？」

高翔將安妮的遭遇講了一遍。

方局長在辦公室中踱來踱去，道：「他們要求雲五風提供技術上的合作，究竟他們要雲五風做什麼？真令人難以想得通！」

方局長停了下來，望著高翔。

高翔也搖著頭，那是難怪他的，就算是一個想像力再豐富的人，也難以想得到，事情會和一張巨大的金屬網有關！而那張金屬網的面積，是一平方哩！

高翔苦笑著，道：「這個問題，可以遲一步想，我們現在，只好假定蘭花、秀珍和五風，都落在同一個國家的特務人員的手中，我們得設法先找到他們的下落，然後將他們救出來！」

高翔的那個假定，當時在他身邊的安妮和方局長都沒有異議。

那也就是說，他們也都認為，木蘭花、穆秀珍和雲五風，是落在同一個國家的特務人員的手中，也就是落在那位神秘的摩亨之手了！

然而，他們料錯了。

雲五風是在摩亨那裡，木蘭花和穆秀珍兩人，卻並不是。

在海上，木蘭花和穆秀珍的直升機停著，穆秀珍在和方局長通話之際，已經感到海面上起了一陣不平常的波濤，浮在海面上的直升機，在無緣無故地搖晃著，而緊接著，一艘小型潛艇突然自海水中冒了出來。

木蘭花和穆秀珍才來得及驚訝地互望了一眼，小型潛艇的艙蓋已打開了，一個穿著便服的人，握著一支手提機槍露了出來，槍口對準了直升機。

潛艇在繼續向上冒著，直到全升上了水面，那人一面跨出艙來，一面喝道：「高舉著手下來！」

木蘭花已注意到那艘小潛艇，是十分新型的一種，而在潛艇的艇身上，除了塗滿了海水的圖案之外，沒有任何標記！

在手提機槍的槍口之下，木蘭花和穆秀珍兩人絕無抵抗的餘地，而事實上，她們兩人也不想抵抗，因為她們一看到潛艇冒出水面，就立時想到，這艘潛艇一定和她們追蹤未獲的那艘遊艇有關！

她們找不到那艘遊艇，就無法獲得有關雲五風和安妮下落的消息，對於那艘潛艇的出現，她們還是求之不得的，因為就算她們成了俘虜，那也總比什麼線索都找不到要好得多了！

木蘭花和穆秀珍在那人的呼喝下，高舉著雙手，放下了梯子，從直升機上走了下來，跳上了潛艇的甲板。

那人揮著槍，道：「對不起，兩位小姐請進去！」

木蘭花笑著，對穆秀珍道：「秀珍，你什麼時候見過一個人，手中執著手提機槍，但是說話卻如此客氣的？」

穆秀珍道：「沒有，這世界上真是無奇不有，說不定我們進了潛艇之後，還可以見到幾頭會說話的猴子！」

她們兩人的嘲笑，令得那人很是狼狽，而木蘭花和穆秀珍一面笑著，一面已經鑽進了艙蓋。

4 三個難題

那艘潛艇不大，裡面的空間更小，一進去，就看到有兩個人在下面等著。

其中的一個，滿面笑容道：「如果我沒有認錯，兩位就是木蘭花和穆秀珍小姐，對不對，我沒有認錯吧？」

穆秀珍冷冷地道：「認錯了！」

那人笑得更歡，道：「這位真會說笑！」

在他們說話之間，那人也爬了下來，艙蓋關上了，木蘭花和穆秀珍兩人都可以感到潛艇在向下沉。

那滿面笑容的人又道：「我是佛德烈上校，兩位現在是在我們國家的情報潛艇上。」

木蘭花沉聲道：「你們的國家是——」

佛德烈上校講了一個單字，那是一個國家的名稱，木蘭花和穆秀珍兩人聽了，同時皺了皺眉。那是一個很大的大國。

照說，這個國家的情報人員，是絕不會做出擄劫安妮、要脅雲五風那樣的事來的。

木蘭花不禁覺得十分迷惑，望定了那位上校，並不說什麼。

佛德烈上校又道：「真對不起，在我還未曾將事情的來龍去脈說明之前，兩位一定會莫名其妙，我在潛艇鏡中發現了你們，不得已用這種方法請你們來，兩位小姐不會見怪吧！」

穆秀珍冷冷地說道：「你怎麼認識我們的？」

上校呵呵笑著，道：「在我們國家的最高情報機構的資料上，有兩位的名字，照片，並且有註釋，說兩位擁有最優秀的情報人員的一切才幹，可惜兩位的身分是平民。我們並且獲得指示，如果我們在東方執行任務，而遇上了什麼困難時，可以向兩位求助！」

穆秀珍和木蘭花互望了一眼，木蘭花的神情看來仍然很冷漠，但是穆秀珍卻高興了起來，道：「是麼？你們的情報局，倒真會找人幫助！」

木蘭花聽得穆秀珍那麼說，不禁搖了搖頭，她知道穆秀珍的性格，人家若是給她戴高帽子，那麼，不論有多麼困難的事求她，她總是不計一切去幫助別人的！

木蘭花絕不是不肯幫助人的人，可是這時候，她自己遭遇的事已夠麻煩的了，安妮被來歷不明的人綁架，她正在追蹤途中，到現在為止，一點頭緒也沒有，如何還有能力去幫助他人？

是以，她以肘部輕輕碰了穆秀珍一下，示意她別再說下去，她自己則冷冷地道：「對不起，上校，請你立即讓我們回到海面上去，我們有十分重要的事情要辦，不能接受任何人的任何請求！」

俾德烈上校仍然笑著，道：「蘭花小姐，我只耽擱你一分鐘，給你看一點東西，如果你對我給你看的東西不感興趣的話，那麼，我立時送你們回去！」

木蘭花皺著眉，還沒有回答，穆秀珍已經道：「蘭花姐，反正他說只耽擱一分鐘，看看他會給我們看些什麼，也是好的。」

木蘭花沉聲道：「秀珍，安妮的下落不明，我們要全力去找尋她！」

穆秀珍道：「或許，他給我們看的東西，和安妮的事情有關？」

穆秀珍那樣講，本來是一種強詞奪理的說法，事實上是她對這艘情報潛艇有了興趣，想知道那位上校究竟要給自己看什麼。

安妮失了蹤，穆秀珍自然一樣焦急，但是在她想來，耽擱一兩分鐘，並不算得什麼，如果那艘情報潛艇不出現的話，她們還不是一樣在海面上等候救援麼？

穆秀珍強詞奪理的話，聽在木蘭花的耳中，木蘭花的心中卻陡地一動。她在剎那間想到的是，這艘情報潛艇恰好在這時出現在這裡，會不會真的和安妮的失蹤有關呢？

安妮被擄，雲五風立時受到了威脅，對方的行動，全是有組織，有計劃的，一個普通的犯罪集團，可以說絕做不到這一點，那就有可能是特務行動，這艘情報潛艇，是不是也是追蹤這項特務行動前來的呢？

木蘭花一想到了這裡，便道：「好，上校，我看看你將向我們展示什麼，但是你要記得，只要我們不感興趣，你立時送我們上水面！」

佛德烈上校揮著手，做了一個肯定的手勢，道：「一言為定，請跟我來！」

他一面說，一面向前走去，潛艇中的空間十分狹窄，人要側著身子，才能從各種各樣的機器之間擠過去，他們移動了七八呎左右，上校移開了一扇門，門內是一個小小的艙房。

那艙房中，有著一張佔了艙房面積一大半的桌子，除了這張桌子之外，那艙房中再要容納三個人的話，那麼，這三個人只好全站著了。

上校來到了桌前，拉開了一隻抽屜，取出了一隻牛皮紙袋來，遞給了木蘭花。木蘭花接過紙袋，自紙袋中取出了一疊放大了的照片來。

她才向第一張照片看了一眼，身子便已經陡地一震。

她並沒有出聲，但是在她身旁，也看到了那張照片的穆秀珍，卻叫了起來，道：「蘭花姐，你看，這就是那艘遊艇！」

上校笑瞇瞇說道：「感到興趣了，是不是？」

木蘭花並不出聲，她仍然看著那張照片，不錯，就是那艘遊艇，她們駕著直升機追蹤的，就是這艘單桅遊艇，安妮和雲五風都在那遊艇上！

木蘭花可以毫無疑問地肯定，照片上的那艘遊艇，就是她要追蹤的那艘，因為她曾在紅外線望遠鏡中，將那艘遊艇觀察得十分清楚。

木蘭花繼續看第二張照片，第一張相片上，是遊艇的遠景，第二張近了許多，可以看到遊艇上站立著的人，第三張和第四張更近，可以看清遊艇上的人的面目。

看到了第五張照片的時候，木蘭花吸了一口氣，她看到其中一人，正是在海灘邊接走了雲五風的那個水手。

木蘭花放下了照片，道：「上校，為什麼你會給我看這些照片？」

佛德烈上校一直是笑容滿面的，這時，他的神情卻變得十分嚴肅，他道：

「我看到兩位駕著直升機在飛行，而那艘遊艇才駛過，你們追錯了方向，我猜想你們是在追蹤它。」

木蘭花點了點頭，說道：「是的，我們是在追蹤它，上校，你的情報潛艇也是在追蹤它，是不是？」

佛德烈上校也點著頭，道：「你猜得對，現在，我們的目標請求兩位的幫助，兩位肯答應麼？」

木蘭花道：「你說得太客氣了，應該是我們雙方的合作，而不是誰請求誰的幫助！」

佛德烈上校高興地搓著手，道：「蘭花小姐，你為什麼要追蹤那艘遊艇？」

木蘭花立時道：「那遊艇上的人，擄走了我們的妹妹安妮，還藉著安妮，威脅著我們的一個好朋友，上了那艘遊艇！」

佛德烈上校皺著眉，道：「你們的妹妹，或是好朋友，他們兩人之中，誰是機械工程的專家？」

木蘭花和穆秀珍兩人一聽，都不禁怔了一怔，她們都不知道上校何以會那樣問，而上校的問題雖然突兀，卻是很有道理的，因為雲五風的確是機械工程的專家！

穆秀珍忙道：「是的，有一個是專家，簡直可以說是天才！」

上校又自抽屜中拿出了一張紙來，那張紙上打著很多字，看來像是一張名單。

他望著名單，道：「哪位先生是雲四風？」

穆秀珍又呆了一呆，道：「不，四風是我的丈夫，我所指的專家是雲四風的弟弟，五風。」

上校的手指在名單上移動著，道：「對了，雲五風，罕見的天才專家，現在雲五風已在他們的手中了。」

穆秀珍道：「是的，他們是什麼人？」

上校抬起頭來，神情嚴肅地道：「兩位，我以下所說的話，是極度的機密，希望你們千萬別隨便對人家說起！」

木蘭花道：「你可以絕對放心，我們不是那樣的人。」

上校吸了一口氣，緩緩地道：「在那艘遊艇上，有著二十名受過十年以上訓練，第一流的特務，他們受一個將軍的領導，那位是摩亨將軍。」

木蘭花皺起了眉，道：「摩亨將軍？在我的記憶中，好像沒有哪一個國家的特務首腦是這個名字的。」

上校揮著手，加強他的語氣，道：「你說得對，這個人的真實姓名是什麼，連我們的情報局也不知道，只知道他指揮著龐大的特務系統，經常有驚天動地的『傑作』，他的代號隨時改變，摩亨將軍只不過是他這一次行動的代號，你當然不會有什麼印象。」

木蘭花問道：「他是屬於哪一個國家的？」

佛德烈上校略呆了一呆，說出了一個國家的名稱來。

穆秀珍和木蘭花兩人都為之一怔，穆秀珍道：「那是一個小國家——」

穆秀珍的話還未曾講完，佛德烈上校已打斷了她的話頭，道：「不錯，那是一個小國家，但是這個小國家卻有著極強的後盾，而且，這個國家的特務系統也是舉世聞名的，我們絕不能因為它是一個小國而輕視它！」

木蘭花道：「請你將事情從頭說起！」

佛德烈上校道：「在這個國家中，當然也有我們的特務，兩個月前，我們的特務得到情報，說這位神秘的特務首腦——我們稱他為摩亨將軍——在該國北部的一個規模龐大的軍用工廠之中，連續住了大半個月，而那警衛森嚴的工廠，在這二十天中，更是由軍隊重重包圍著，所有的工人全在廠中留宿，有了這樣的情報，你想我們的推測是什麼？」

木蘭花道：「很簡單，自然是推測他們在試製什麼新的武器了。」

上校道：「正是那樣，於是，我們的特務便奉命，千方百計要探聽對方在做什麼，何以要出動到摩亨將軍那樣的大人物來親自督工，連間諜衛星也特別改變了運行的軌道，以便探測虛實。」

穆秀珍心急地道：「結果怎樣？」

上校搖著頭道：「我們失敗了，我們有四個一流的特務，因為冒險偷進工廠去而遭槍殺，我們無法獲知他們在做什麼。而二十天之後，該國第一流的機械工程專家，科學家，都奉調到那工廠去，支持該國的幾個大國，也紛紛派出了專家，又過了幾天，那些專家都離開了工廠，我們曾綁架了其中的一位，但是卻什麼也問不出來，我們只好將他放走了！」

木蘭花深吸了一口氣道：「嗯，這件事，倒真是神秘得很。」

上校道：「神秘的事還在後面，在所有的專家離開之後，我們的情報人員便獲悉，摩亨將軍帶著二十名最好的特務，上了一艘遊艇向南航，於是，我就奉命跟蹤那艘遊艇，在海底，當然。」

木蘭花和穆秀珍都聚精會神地聽著，佛德烈上校雖然還未曾講完，但是她們兩人也多少聽出一點眉目來了。

本來，她們對於擄走安妮，要脅雲五風的是什麼人，一點頭緒也沒有，現在，事情已漸漸明朗化了！

上校繼續道：「我在跟蹤期間，發現那艘外貌普通的遊艇，簡直是一艘多重性能的小型戰艦，拍那幾張照片的那次，我們離得它近了些，幾乎被它發射的魚雷擊中，而且，毫無疑問，那遊艇上還有著小型飛彈的發射設備，所以我們只好實行遙遠跟蹤，一直來到了這裡近岸處，它才停止航行，我和我們的特務聯絡，據報告，摩亨將軍的手下，通過種種關係，在搜尋有關你們幾位的資料，這是七八天前的事！」

木蘭花不禁苦笑了一下，道：「我們完全不知道有人在暗中注意我們。」

上校又道：「我也一直在注意他們的行動，我推測，他們一定是在工廠中的工作有了什麼困難，他們自己的專家無法解決，是以才由摩亨將軍親自出馬，來尋找專家，而這裡，堪稱第一流專家的，只有雲四風、雲五風兩個人而已。」

木蘭花沉聲道：「你的推測很有道理，他們一定是要雲五風為他們工作，所以才先擄走安妮的。」

佛德烈上校道：「安妮？你所說的安妮小姐，她和那位雲先生——」

穆秀珍道：「他們是十分要好的朋友。」

上校點著頭道：「那麼，事情就有些眉目了，他們有了第一流的專家，自然會立時趕回去，繼續開始工作，兩位，現在我們急需知道的，就是在摩亨將軍領導下的秘密工作，究竟是什麼！」

木蘭花立時補充道：「還有，要將安妮和雲五風自他們手中救出來！」

佛德烈上校苦笑了一下，道：「這個——」

木蘭花的聲音很嚴峻，道：「你在猶豫什麼？你是以為不必顧及他們兩個人，還是以為將他們兩人救出來，是不可能的事？」

佛德烈上校仍然苦笑著，道：「我的意思是，救他們出來，是一件極其困難的事。」

穆秀珍大聲道：「困難，不是做不到！」

佛德烈上校陡地一拳擊在桌上，道：「穆小姐，在你的面前，我真感到慚愧，的確，困難不等於做不到，我們應該設法！」

木蘭花道：「我們應該在他們還未回國之前就下手，等到了他們的國家，想要下手，那更加困難了，你的潛艇可以追上那艘遊艇？」

佛德烈上校道：「請跟我來！」

他們三個人又一起出了艙房，擠過了一排機器，來到了艇首的控制台前，一幅綠色螢光幕上，雷達波正在探測著，佛德烈上校指著螢光幕道：「這艘遊艇，現在在我們北面三十五浬，它的速度很快，但如果我們全速航行，七小時之後，就可以追上它！」

穆秀珍立時道：「那就下令全速航行！」

佛德烈上校搖著頭道：「可是如果我們駛近它一浬之內，它就會發覺！」

木蘭花道：「先追上去再說，在這將近七小時之中，我們總還可以想出應付的辦法來的！」

佛德烈上校轉過身去，下了一連串的命令，命令潛艇全速航行。

木蘭花又問道：「我想和本市的警局聯絡，應該用什麼通訊設備？」

佛德烈上校搔著頭，道：「很抱歉，這一點無法從命，這種間諜潛艇的存在，是高度的秘密，外間絕不知悉，為了避免有人截聽無線電波，發現它存在，所以它絕無對外聯絡的設備！在接受了任務之後，就完全是單獨的行動，就算是我們全部都犧牲了，除了國家最高情報機關外，也不會有別人知道！」

木蘭花搖著頭，道：「這也未免太過分了，那麼，潛艇上有潛水設備？」

佛德烈上校呆了一呆，道：「蘭花小姐，如果你想在接近對方時，利用個人的潛水方式去接近他們，那麼我勸你放棄這個念頭。」

穆秀珍問道：「為什麼？」

穆秀珍是第一流的潛水專家，在木蘭花問出那個問題之前，她也想到了這個辦法，是以此際聽得上校那樣說，她多少有點不服氣。

佛德烈上校道：「第一，它的速度高，世界上還沒有一具水底推進潛水器，可以追得上它。」

穆秀珍道：「那麼，趁它停下來的時候進行，不是可以麼？」

佛德烈上校嘆了一口氣，道：「這艘遊艇的艇底佈滿了雷達探測器，就算是一條大魚游近，也會自動發射武器，將大魚射死。」

穆秀珍還是有點不服氣地道：「你怎麼知道？」

佛德烈上校苦笑道：「慘痛的教訓換來的，我們潛艇上，兩個第一流的潛水人員，就是那樣犧牲的，我們甚至沒有機會將他們的屍體搶救回來，在電視遠攝鏡中，我們親眼看到，他們在一種一呎長短的彈頭爆炸下，血肉橫飛。」

穆秀珍瞪著眼，她沒有什麼可以再說的了。

木蘭花也沒有說什麼，她知道佛德烈上校是不會誇大事實來恫嚇她們的。在沉靜中，佛德烈上校又問道：「現在，還要全速追趕？還是為了安全，仍然遙遠追蹤？」

木蘭花立時斬釘截鐵地道：「全速去追趕！」

她在講了那四個字之後，略頓了一頓，又道：「我們需要休息一下，我猜我們至少可以休息六小時，對不對？」

佛德烈上校道：「對的，我們有兩個床位，恰好可以供你們休息。」

穆秀珍苦笑了起來，道：「那兩個床位，就是犧牲了的兩個潛水員留下來的？」

佛德烈上校忙道：「兩位如不喜歡的話——」

穆秀珍道：「我們不在乎，請帶我們去吧！」

仍然由佛德烈上校帶著路，他們擠過了狹窄的空間，來到了兩個床位之前。所謂床位，只不過是只有一呎半闊的兩塊木板，一上一下，穆秀珍先爬了上去，木蘭花則在下格的木板上躺了下來。

她們的確都已經極其疲倦了，但是她們在躺下來之後，卻沒有法子睡得著。穆秀珍探頭出來，向下望了望，看到木蘭花閉著眼睛，她道：「蘭花姐，你睡著了？」

木蘭花道：「沒有。」

穆秀珍又道：「你在想什麼？」

木蘭花道：「我在想，他們已經成功地帶走了雲五風，自然不會在中途停留，一定趕著回國去，看來，我們在半途救人的計劃，是行不通的了！」

穆秀珍急道：「那怎麼辦？如果到了他們的國家，那豈不是更沒有希望？」

木蘭花卻緩緩地道：「秀珍，你怎麼忘了自己說過的話了？」

穆秀珍愕然道：「我說過什麼？」

木蘭花一字一頓，道：「困難，但不是做不到！」

穆秀珍沒有再出聲，她自然不怕困難，可是，要在對方的國家中，在對方軍警、特務密佈之下，將雲五風和安妮救出來，這不但是困難，簡直是絕無可能的事情！

當她想到這一點之際，她不禁長嘆了一聲。

但是木蘭花卻像是在家裡一樣，她講完了之後，就闔上了眼睛，在她的神情上，一點也看不出她在為一個極嚴重的問題而動腦筋。

雲五風被安排在一個十分華麗的艙房中，他躺在柔軟的床上，摩亨將軍為了表示對他的優待，給了他艇上最好的房間。

可是雲五風知道，自己仍然是一個俘虜。

他關心安妮的安危，雖然摩亨將軍已向他提供了保證，保證使安妮回到家中，可是雲五風知道，安妮就算回到了家中，她一定會和木蘭花、穆秀珍一起來找他的，她們是不是會有結果呢？

雲五風直到那時為止，仍然不知道摩亨將軍的來歷，但是他在獲准和安妮通話的時候，曾經講出過摩亨將軍的名字來，那麼，安妮是不是能根據這個名字，而知道他將會到什麼地方去呢？

雲五風的心中亂成了一片，他到那遊艇的時間並不算長，自從他一上了那艘遊艇，遊艇便一直以極高的速度在航行著，這種性能，已經令他夠驚訝的了。而且，在他和摩亨將軍的談話間，不斷有人來向摩亨將軍報告一些事，從那些簡短的報告中，雲五風可以獲知，這艘遊艇上的設備之佳，簡直令人咋舌，可以說，那絕不是私人力量所能做得到的。

從這一點來判斷，雲五風可以肯定，摩亨將軍是一個真正的將軍，他代表著一個國家，他一定是這個國家中地位極高，極有權勢的一個人物！

然而，雲五風卻仍然感到迷惑，一張如此巨大的金屬網，要它通電，對一個國家來說，那究竟有著什麼特殊的作用呢？

那一定是有作用的，不然，不會有摩亨將軍那樣的人物出現，但是雲五風卻想不出究竟有什麼用處來。

雲五風嘆著氣，由於疲倦，他漸漸地睡著了！

他是被一陣敲門聲驚醒的，當他睜開眼時，他發現艙房中已全是朝陽的光芒，他大聲道：「進來，我不相信你們會弄不開門！」

他的話才一出口，一個人推門走了進來，那人的面目十分陰森，但是他的態度卻極其客氣，他將一疊照片放在床前的櫃上，道：「雲先生，這是我們收到的無線電傳真照片，證明安妮小姐已回到了家中！」

雲五風一聽，連忙拿起那幾張照片來，照片上有安妮和高翔在一起，像是在一個什麼建築物的走廊中，照片相當模糊，但是還是可以使人看得清，上面的兩個人是安妮和高翔。

那人在一旁解釋道：「這是安妮小姐和高主任一起離開醫院時，我們的人攝取的！」

雲五風忙又去看另一張，那是在警局的門口，高翔和安妮一起下車，另一張則是高翔和安妮走進警局大門時所攝的。

安妮身上的衣服，正是雲五風在遊艇上看到的那一套灰點睡衣，這實在可以證明，安妮已經離開了遊艇，回到家中了。

雲五風吁了一口氣，放下了照片，道：「你們的人，工作真不錯。」

那人笑了笑，道：「謝謝你的誇獎，將軍吩咐說，雲先生看了照片之後，如果還記得自己的諾言，那麼請過去談一談，和他同進早餐。」

雲五風道：「好的，我就來。」

那人恭敬地退了出去，雲五風跳起身，洗了一個臉，打開了艙門，站在門外的兩個人轉過身來，帶著他到了摩亨將軍的艙中。

豐富的早餐已經準備好了，雲五風知道安妮已經回了家，心情好了許多，他和摩亨將軍一面進食，一面提出了不少問題來，想試探一下摩亨將軍究竟是哪一國的重要人物。

可是，每當雲五風的問題接觸到這一點的時候，摩亨將軍便一陣「哈哈」，將問題混了過去。

等到兩個大漢將早餐撤回，摩亨將軍一面抹著嘴，一面道：「雲先生，你是第一流的專家，昨天我提及的問題，你已考慮過了？」

雲五風道：「你根本未曾對我說到詳細的情形，也未曾對我提及你們所遭遇到的困難，我何從考慮起？」

摩亨將軍點著頭，道：「你說得對！」

他拉開抽屜，揮著手，令雲五風坐在他的對面，又將那幾張照片取了出來。

他指著照片上疊起來有兩個人高的金屬網，道：「我們的第一個難題，是製造一張巨大的，可以通電的金屬網，這一個難題，已經解決了，我們已經有一張那樣的網。」

雲五風道：「我已經看到了。」

摩亨將軍道：「我們第二個難題，是要帶著這張網在高空飛行，這張網，要全張開來。」

雲五風伸了伸身子，道：「這不算是難題，四架運輸機或者是八架，有訓練的飛行員，就可以做到這一點，自然，要第一流的駕駛員。」

摩亨將軍道：「不錯，這也不算是難題，可是，在飛行之中，我們要為這張網通電，關於電源，雲先生，你的意見怎樣？」

摩亨將軍直視著雲五風，雲五風皺著眉，道：「我相信你們已經有過幾個辦法，結果如何？」

摩亨將軍道：「我們試過由帶網飛行的運輸機供電，可是困難在於電的需要量太大。」

雲五風望著照片上的那張電網，道：「這一點，可以由攜帶變壓器，將高壓電儲藏帶上空中來補救，但顯然不能持久使用，最好的辦法是無線傳電法，但是那必須由地下的供電站配合。」

摩亨將軍十分有興趣地聽著，他道：「可以採取你的第一個辦法，因為在行動時，我們無法和地下的供電站取得聯絡。」

雲五風突然問道：「這樣大的一張網，又要充電，究竟有什麼用處？」

可是摩亨將軍對於雲五風的這個問題卻避而不答，又道：「我們的第三個難題，是這張大網要升降自如，升和降的高度，大約一千呎左右，雲先生，這是最困難的一點了！」

雲五風深深地吸了一口氣，他仍然不知道對方要這張電網來做什麼，但是從摩亨將軍的要求聽來，他們顯然要這張大網在空中飛行，而且可以隨時上升下降，罩向地面，或是另一個飛行體！

那樣的一張電網如果罩向地面，那麼一方哩之內的生物，只怕就無一倖存，而如果是一個飛行體的話，那麼這個飛行體，自然也立時毀滅！

雲五風隱隱感到，這其中一定有一個巨大的陰謀在！

他的心情緊張了起來，他直視著摩亨將軍，他的手指甚至也在微微地發著抖，他並沒有回答對方的這個問題，他只是在想：那究竟是什麼樣的陰謀？

5 深入敵境

木蘭花醒來，移開了艙門，佛德烈上校可能已在門外等了好久了，立時和木蘭花打了一個招呼。

穆秀珍坐了起來，道：「怎麼樣，追到了麼？」

佛德烈上校道：「現在的距離是一浬半，十分鐘後，就進入危險的距離，兩位如果不想試試對方反潛艇魚雷的威力，我要下令減速了！」

木蘭花立即道：「不，繼續追蹤。」

佛德烈上校大聲叫了起來，道：「小姐，我們如果再追前半哩，對方的聲波探測儀，就會知道我們的存在，電子操縱儀就會自動發射魚雷的！」

穆秀珍瞪著眼，道：「上校，我看你太膽小了，海中有很多大魚，我們可以假充是一條大魚！」

上校苦笑著道：「除非世界上有鋼鐵造成的大魚，小姐，我反對——」

木蘭花微笑著，道：「上校，我想你剛才沒有聽明白我的話，我的意思是，我們繼續前進，將我們和對方的距離，控制在對方恰好不能發現的最近距離，你能不能做到這一點？」

佛德烈上校聽得木蘭花那樣說，不禁大大地鬆了一口氣，因為如果木蘭花執意要繼續高速進行的話，木蘭花是他請來的，他也無可奈何。而如果再繼續高速前進的話，敏感的聲波探測器一定會發現他們的！

他立時轉過身，大聲下達著減速的命令，才又道：「我們下一步該怎麼做呢？」

木蘭花皺著眉，停了片刻，才道：「我已經想好了，上校，你的任務便是將我們送到對方國境的海岸，停留在那裡，不被人發覺，然後再接我們回來。」

佛德烈上校聽了，不禁吸了一口氣，本來，他臉上總帶著孩兒式的天真的笑容，像是天塌下來也不在乎一樣，那正是他國家樂觀、進取的特性，然而此際，他卻神色變得十分嚴肅。

木蘭花有點挑戰意味地問道：「怎麼，做不到麼？」

上校卻道：「小姐，你的計劃是——」

木蘭花立時打斷他的話頭，道：「別理會計劃是什麼，先問你自己，能不能做到這一點！」

上校的語音十分沉重，道：「小姐，我們這種間諜潛艇，曾奉有嚴密的命令，不能接近任何國家的領海，只能在公海中航行，因為接近了別國的領海，一旦被發現，生擒，那就是轟動國際的大新聞了！」

木蘭花揚了揚眉，道：「你不是說過，你領導的這艘潛艇，在一開始航行之後，一切由自己作主，不和外間作任何聯絡的麼？」

佛德烈上校現出十分為難的神情來，木蘭花則淡然笑著，道：「如果你做不到這一點，那也就算了，我可以另外再想想辦法！」

穆秀珍在一旁撇了撇嘴，低聲道：「真是個膽小鬼！」

穆秀珍講話的聲音雖然低，但是佛德烈上校卻已經聽到了，剎那之間，上校的臉漲得通紅。而穆秀珍仍是一臉不屑的神色，斜睨著上校。

穆秀珍自然不可能知道日後的事，而如果她知道，日後因為她那一聲「膽小鬼」，而惹出了如此巨大，轟動的國際事件，她一定寧願用針線將自己的嘴縫起來，也不會講出那句話來了。日後的大禍，說是穆秀珍那一句話闖下來的，也不為過。

佛德烈上校的臉越漲越紅，他握著拳道：「我們可以做到這一點。」

木蘭花微微一笑，道：「那就行了！」

佛德烈上校既然下了最大的決心，他的心情反而不那麼緊張了，他道：「那麼，你的計劃怎樣，至少也得先告訴我一下。」

木蘭花爽快地道：「好的，我們既然無法在海中接近對方，而知道對方在擄人得手之後，一定是回國去，而我們要救人，唯一的辦法，就是到對方的國家去！」

上校補充道：「我們不但要救人，而且，還要探聽對方在做什麼。」

木蘭花道：「這件事可以交給我來代辦，我一定不會使你失望。」

上校忙道：「你說什麼？你的意思是，到時我不必上岸去？」

木蘭花道：「你當然不必上岸，剛才我還說得不夠明白麼？你只是在指定的海岸下潛伏著，一直等到我們撤退，你的任務就是這樣！」

佛德烈上校像孩子一樣叫起屈來，道：「這太看不起我了，我是第一流的間諜！」

木蘭花和穆秀珍都笑了起來，木蘭花道：「你是第一流的間諜！我們要去的國家，全是亞洲人，你一上岸，就被人家認出來了，而我們，卻很容易冒充過去，你明白麼？」

佛德烈上校眨著眼，不再出聲。

木蘭花又道：「我的第一步計劃是，等他們那艘遊艇在岸邊停泊之後，一定不會再戒備得那麼嚴，我們到時全速前進，希望先能在那艘遊艇上探索出一些究竟來，如果沒有結果，自然要大費周章了！」

佛德烈上校望了木蘭花半晌，才道：「蘭花小姐，我很佩服你的勇氣，但是你登上了他們的國家，實在太危險了，你要知道這一點！」

木蘭花點頭微笑，道：「謝謝你，我完全知道這一點，可是除此之外，沒有別的辦法，還好，對於他們的語言，我可以應付。」

木蘭花講到這裡，穆秀珍著急道：「我雖然不懂他們的語言，可是千萬不能將我留在潛艇中，我也要去！」

木蘭花沉聲道：「你如果要跟我去的話，必須答應我一件事。」

穆秀珍想也不想，便道：「我什麼事都答應你！」

木蘭花正色道：「你別當說說就算了，從現在起，我會教你幾句簡單的會話，然而你必須記得，在有生人的場合，非到不得已，切莫出聲。」

穆秀珍笑道：「那容易，至多我扮成啞吧就是了！」

木蘭花又望了穆秀珍半晌，嘆了一口氣，要深入敵境去救人，絕不是一件容易的事，她一個人自然更難以完成，任何冒險的行動之中，穆秀珍自然是一個好幫手，木蘭花也不希望將她留在潛艇中。

而木蘭花也知道，要穆秀珍做什麼事都容易，最難的還是要她不講話！

但是木蘭花卻沒有別的選擇，如果和佛德烈上校一起去的話，那不必開口，便已經招人起疑了。

木蘭花問道：「上校，你估計他們什麼時候，可以到達海岸？」

上校道：「大約還有三十小時。」

木蘭花望著穆秀珍，道：「好，秀珍，來，在這三十小時中，我們不做別的事，你要在這三十小時之中，學會普通的會話！」

在三十小時之內學會另一個國家的語言，雖然只是普通的會話，然而這也是不可思議的事情，是以佛德烈上校睜大了眼睛，用一種十分驚訝的神情望著她們，而穆秀珍則充滿了信心，大聲答應著。

海面很平靜，雲五風一直在船艙中，受著良好的待遇，他可以看到海面上的情形，然而，他卻只能從船艙的窗口中向外看出去而已。

那一天黃昏時分，遠遠已可看到了陸地，等到天色漸漸黑下來時，他已可以看到岸上的燈光。

雲五風已經知道他上岸的地點，是對方國的一個大城市，然而燈光看來卻很稀疏，那顯然是電力供應不足的緣故。

雲五風準備上岸了，他的心中仍然很亂，遊艇的速度減慢了許多，等到駛進港口的時候，有兩艘快輪迎上來，但是快輪才一接近，遊艇上有一個水手，向快輪上的警員揚著旗，那兩艘快輪立時駛了開去。

雲五風的心情十分緊張，雖然他知道安妮已經安然回家，可是他自己卻被威脅著來到了這個陌生的地方，在這裡，是全然沒有法理可講的，現在他雖然受著對方的優待，而這種優待，又可以維持多久呢？

這時，心情比雲五風更要緊張的，是在潛艇中的佛德烈上校、木蘭花和穆秀珍三人。

他們的潛艇，一直跟在那遊艇一浬之外，以同等的速度行駛著，在海底，他們闖進對方的領海。

在進入對方的領海五浬之後，他們減慢了速度，在雷達探測的螢光幕上可以看出，那遊艇速度也在漸漸減慢，漸漸地，潛艇的雷達探測螢光幕上，出現了許多雜亂的小點。

這表示他們已經漸漸接近港口，船隻已多起來了。

木蘭花、穆秀珍和上校三人，一起守在控制台前，穆秀珍的口中一直在唸唸有詞，那是她在默記木蘭花教她的語言。

木蘭花看看螢光幕，道：「上校，我們已進入港口的範圍了，我想看看港口中的情形，有沒有可能？」

佛德烈上校苦笑著，道：「那太危險了！」

木蘭花道：「這艘潛艇難道沒有電視遠攝的設備？」

上校苦笑了一下，道：「自然有，但是電視攝影機必須伸出水面——」

穆秀珍忍不住道：「廢話，要是電視攝像管不伸出水面，怎能看到港口的情形？」

木蘭花又問道：「電視攝像管上沒有偽裝？」

上校道：「雖然有偽裝，但是我們的速度很高，極容易被人發現！」

木蘭花沉聲道：「就算有被人發現的危險，也得看一看，我們不能盲目從事！」

佛德烈吸了一口氣，沒有再說什麼，伸手按了一個掣，又接連按了幾個掣，只見一幅螢光幕亮了起來，幾秒鐘之後，電視螢光幕上就出現了港口的情形。

天色已經黑了，港口中停著不少船，大多數是小型的戰艦，也有幾艘漁船，佛德烈調整著遠攝的距離，他們看到了那艘遊艇，那遊艇的兩邊艙上站滿了人，看來已經在作登陸的打算了。

而岸上的景色也已隱約可見，木蘭花看了半分鐘，道：「行了，等到對方停下之後，我們就前進，我相信他們在到達了目的地之後，一定不會用聲波測儀，我們就算接近，也不會被人發覺的了。」

佛德烈上校神色緊張，又按下了幾個掣，木蘭花又道：「請替我們準備潛水的設備！我們從水底登上那艘遊艇去！」

佛德烈吩咐了一個情報員去準備，半小時後，他們發現他們追蹤的那艘遊艇，已經停止不動了，潛艇以極慢的速度，盡可能低潛，接近那艘遊艇。

那艘遊艇才一停靠在碼頭上，四輛黑色的大房車便疾駛了過來，整個碼頭附近，軍警林立，許多車輛、行人都被攔在警戒線之外。

這個城市的居民似乎也習慣了這種突如其來的戒嚴行動，他們在軍警的警戒圈之外站立著，臉上現出漠不關心的神態。

遊艇靠岸，艇上幾個人先上了岸，兩個高級軍官馳步奔走了過來，四輛汽車的車門也一起打開，所有警戒的軍警卻端起了槍，進入了高度戒備的狀態。

然後，摩亨將軍出來了，在他的身後，跟著兩個人，在那兩個人之後，是雲五風，然後，又是七八個人，一行上了岸。

摩亨將軍、雲五風和幾個人進了第一輛汽車，其餘的人進了後面的三輛車，一輛軍用吉普車駛了過來，轉了一個圈，開著道，四輛大房車次第銜接著，向前疾馳而去。

雲五風坐在摩亨將軍的身邊，他看到摩亨將軍的神情十分倨傲而得意，有心諷刺地道：「貴國的人民，生活似乎並不好！」

摩亨將軍冷冷地道：「可是我們的政權穩固，我們的百姓有信心在政府的領導下，爭取更好的生活！」

雲五風也冷冷笑著，道：「看來，貴國政府對於製造莫名其妙的東西，比改善百姓的生活更有興趣。」

摩亨將軍的面色一沉，道：「雲先生，我們請你來，不是請你來批評我們的政府，而是請你來解決技術上的問題而已！」

雲五風聳了聳肩，並沒有再說什麼。

這時，車隊已駛過了市區，進入了黑暗的郊區，又過了片刻，前面又是一片燈光，那是一個小型的軍事機場，車隊才一駛進機場，一架飛機已經作好充分的準備，隨時可以起飛了！

潛艇在水底慢慢向前駛，全潛艇的人員，心情都十分緊張，如果被人發現，他們的處境遠比木蘭花和穆秀珍危險得多了，因為他們和現在的那個國家，是處在敵對狀態之中的，他們一被發現，那真是大大的不妙了。

應木蘭花的要求，電視攝像管又曾出過海面兩次，來觀察近岸的情形，然後，在離岸五百碼處，潛艇在海底停了下來。

當潛艇完全靜止之後，早已換好了潛水裝備的木蘭花和穆秀珍兩人，爬進了一個圓形的管子，她們兩人進入了那個圓管之後，圓管的進口處便被封住。

木蘭花利用一具小型的無線電通話儀，低聲道：「第一次試驗通訊。」

她也立時聽到了佛德烈的聲音，道：「效果良好！」

木蘭花回答了一句「效果良好」，就向前爬去，穆秀珍緊跟在她的腳後。

木蘭花爬出了七八呎，就遇到了另一個鐵蓋，她摸索著，摸到了鐵蓋上的一個掣，按了下去，只聽得一陣「滋滋」聲，那蓋子在慢慢打了開來！海水立時湧進了管子來，轉眼之間，她們已浸在海水之中了！

海水很冷，等到整個管子全是海水之後，管子的另一端才完全打開，木蘭花和穆秀珍兩人像是魚一樣，自管子中游了出去。

她們在海底游著，游出了三四百碼之後，兩人才漸漸浮向上。

她們第一次浮出水面之際，離岸還有一百碼，她們只浮出了半個頭，看了一看，立時又沉了下去，海水是漆黑的，她們一直向前游著，看來港口上似乎很平靜，但是以後會發生什麼事，卻是誰也不知道。

她們游得相當慢，二十分鐘之後，她們再次浮出水面，離那艘遊艇，已是不過十來碼了。

在那艘遊艇的左側，緊靠著，泊著一艘水警輪，水警輪上亮著燈，而那艘遊艇上，卻只有桅桿上有一艇燈，全都是黑黑沉沉地。

木蘭花和穆秀珍在水面上向前划著，她們兩人在漆黑的海水中前進，一點聲響也沒有發出來，她們的耳際所聽到的，是海水衝擊在船身上的輕微的「啪啪」聲，她們漸漸近了那艘遊艇。

一直到現在為止，木蘭花的冒險計劃雖然只是開始，但是進行得都很順利，潛艇離那艘裝置有海底音波探測儀的遊艇，只有幾百碼，對方竟未曾發現，而她們也已經可以伸手摸到那艘遊艇的艇身了。

木蘭花和穆秀珍做著手勢，她們兩人沿著艇身，又向前游了幾呎，來到了遊艇艇身的梯子附近，然後，兩人一起除下了潛水的設備，木蘭花首先縱身上了梯子，迅速地上了艇身，貼著艙壁站立著，緊接著，穆秀珍也上了遊艇。

她們兩人站著，遊艇上靜得一點聲音也沒有，倒是旁邊的水警輪上，有一陣陣的收音機聲傳了過來。

她們停了幾秒鐘，木蘭花首先打橫移動著身子，來到了船艙的一個門口。穆秀珍緊跟在木蘭花的身邊，等到木蘭花站在那門的右邊之後，穆秀珍跨前兩步，到了那扇門的另一邊。

木蘭花握住了門柄，輕輕轉動著。

那門並沒有鎖上，木蘭花在極輕微的「卡」地一聲之後，將那門推了開來。木蘭花先將門推開了吋許，停了一停，然後再繼續將門推了開來。

木蘭花一將門推開，立時閃身而入，穆秀珍也跟了進來，木蘭花向穆秀珍做了一個手勢，令穆秀珍站在一個陰暗的角落中。

她向那艙打量了一下，艙中有一張長桌，看來有點像是會議室，另外有一扇門，可以通向另一個船艙。

木蘭花來到了那扇門前，將耳貼在門上，聽了片刻，她好像聽到艙中有輕微的鼾聲傳出來，木蘭花推了推門，那門鎖著。

木蘭花取出了一柄百合匙，在匙孔中撥弄著，她的行動雖然小心，但是由於遊艇上十分靜，是以仍難免發出一陣輕微的格格聲來。

過了十秒，木蘭花剛弄開了鎖，還未曾來得及推門，便聽得艙內有人喝道：「外面什麼人？」

木蘭花連忙靠門而立，卻不料就在那一閃間，艙中突然著亮了燈。

在黑暗之中，雖然木蘭花和穆秀珍知道身在險地，但多少有點安全的感覺，這時，艙中燈火通明，她們兩人一點遮蔽也沒有，實是狼狽之極！

木蘭花的反應極快，燈一亮，她只呆了半秒鐘，便立時一轉身，想將門撞開來，衝了進去，可是也就在那一剎間，只聽得剛才呼喝的那聲音又喝道：「你們是什麼人？」

那扇門仍然關著，而那人卻問出了「你們是什麼人」這樣一句話來，那證明這個人已經看到了木蘭花和穆秀珍！

當然沒有什麼人的視線，可以透得過一扇門，而那人可以看到木蘭花和穆秀珍，毫無疑問，是因為艙中有著電視攝像管的緣故。

在那時候，木蘭花簡直沒有多做考慮的餘地了，她要憑藉驚人的精密判斷力，判斷在艙中只有一個人，才能決定她的行動。

而她也立即肯定了這一點，是以那人的呼喝聲才一完畢，木蘭花已經

「砰」地一聲，撞開了門。

她才一撞開門，就聽得「啪」地一聲，而木蘭花早已料到，自己不顧一切地撞門而入，對方一定對自己不會客氣的，是以她在向前撞出之際，身子已經彎了下來，一進門，她便在地上打了一個滾。

隨著那「啪」地一聲響，一顆子彈自門中飛了出來，穆秀珍也正在向門內衝去，那顆子彈在她身邊不到半呎處掠過！

穆秀珍略停了一停，向前看去，已看到木蘭花滾到了一個人的面前，將那人撞倒，緊接著，木蘭花飛起一腳，踢在那人的手上，那人手中，一柄有滅聲器的手槍，自門中直飛了出來。

穆秀珍一步跳向前，在半空之中，將那柄手槍接在手中。

木蘭花又是一腳，踢在那人的喉上，那人在手槍被木蘭花踢走之後，張大口就想叫喊，木蘭花早已料到了這一點，是以她的第二腳，就踢在那人的咽喉上，那人的喉際發出了「咯」地一聲響，再也發不出別的聲響。

而穆秀珍已經竄了進來，手中的槍對住了那人，木蘭花一伸手，將那人提了起來，雙臂交岔，自那人的身後箍住了那人的脖子，她的雙臂箍得很緊，使那人發不出聲來。

穆秀珍用才學會的話沉聲道：「不准出聲！」

木蘭花瞪了她一眼，因為發音生硬，叫人一聽就可以知道她是一個外來的人。

那人既被木蘭花制住，又被穆秀珍以槍指住，實在再沒有掙扎的餘地，木蘭花在他的耳際低聲道：「船上還有別人沒有？」

那人用力搖了搖頭，木蘭花道：「好，我們要問你幾個問題，如果你合作的話，你的生命是絕無問題的。」

那人本來已不掙扎的了，可是一聽得木蘭花那樣說，他又掙扎了起來。他一動，穆秀珍便以手槍的槍口，在他的胸前用力撞了幾下，那幾下的力道著實不輕，痛得那人的額上冷汗直下，不敢再動。

木蘭花道：「你放心，船上既然只有你一個人，事後只要你自己不說，沒有什麼人會懷疑你曾和我們合作過。而如果你不肯和我們合作，我們會將你的死亡佈置成自殺，那時，你的家屬也會受到制裁！」

那人的臉上現出十分恐懼的神色來，顯然是木蘭花的話，擊中了他的要害。

木蘭花將手臂略鬆了一鬆，那人立時道：「你們難道不會出賣我？」

木蘭花笑道：「我們為什麼要出賣你，多一個朋友不好麼？在合作過一次之後，我們就是朋友了，不是麼？」

那人的神色變得十分難看，終於嘆了一聲，道：「好，你們想知道什麼？」

木蘭花沉聲道：「摩亨將軍擄了一男一女兩個人，到什麼地方去了？」

那人道：「只有一個男的。」

木蘭花吃了一驚，厲聲道：「胡說，是一男一女兩個人！」

那人忙道：「開始是兩個人，後來，將軍下令，將那位小姐送回去了。」

木蘭花抬起頭來，和穆秀珍互望了一眼，兩人都不由自主吁了一口氣。安妮如果已經被釋放，她們要救的，只是雲五風一個人了，那自然比較容易得多了。

木蘭花立時又問道：「他們上岸之後，到什麼地方去了，說！」

那人道：「到首都去了。」

木蘭花道：「首都的什麼地方？」

那人又猶豫了一下，才道：「首都北郊，第一兵工廠，我知道的就是那麼多了！」

木蘭花冷笑著，道：「你知道的絕不止那些，但是其餘的，你不必說，我也知道，你們正在研究一種秘密武器，希望有人幫助並提供技術上的意見，是不是？」

那人搖著頭道：「不知道，我真的不知道。」

木蘭花鬆開了手，在那人的背後推了一推，將那人推得向前跌出了幾步，沉聲道：「坐下，我們還有點事要和你談談。」

那人轉過身坐了下來，眼珠亂轉，神色不定。

木蘭花道：「你是摩亨將軍的手下，自然是特務人員，在你們國家的特務制度而言，你剛才的話，已經洩露高度的機密，是要受到嚴厲懲處的！」

那人面色大變，道：「你，你曾說過保守秘密的！」

木蘭花道：「是，但是必須我們在首都的途中不被捕，你才安全。」

那人道：「我沒有辦法可以保證這一點！」

木蘭花冷笑道：「你有辦法的，你們的國家，特務人員有高過一切的地位，我們需要兩張特務機構的證明書，除了一路上求得方便之外，不會作別的用途，你一定可以做得到的！」

那人苦笑著，道：「小姐，你真厲害！」

穆秀珍又忍不住了，她實在已忍了好久了，這時，她聽懂了那人的話，便立時道：「謝謝你！」

木蘭花實在有點啼笑皆非！

那人呆了半晌，才道：「你們是從外國來的？」

他在那樣說的時候，斜睨著穆秀珍，穆秀珍道：「不是外國來的。」

那人仍然瞪著穆秀珍，木蘭花道：「少廢話，我們的通行證怎麼樣？」

那人嘆了一聲，道：「就算你們成功了，你們有什麼辦法離開國境？通行證只不過可供你們國內旅行的方便，沒有什麼大用。」

木蘭花道：「那已經夠了！」

那人嘆了一聲，道：「好，跟我來！」

他站了起來，穆秀珍立時踏前一步，用槍指著他。

那人走出了船艙，又要走向船舷，木蘭花忙道：「你該知道，如果你叫人來幫你，結果只是害了你！」

那人苦笑著道：「我要出聲的話，早已出聲了！」

6 執行任務

他們三個人走出了艙，到了船舷，走向船尾，那人取出鑰匙來，弄開了另一扇門，一起走了進去，那是一間十分豪華的房艙。

那間房艙，看來像是一間辦公室，木蘭花「嗯」地一聲，道：「那是摩亨將軍的辦公室之一，是不是？」

那人點頭道：「不錯。」

木蘭花道：「你的職位是什麼？」

那人遲疑了一下，道：「我是將軍侍衛班的副班長，我的官銜是少校。」

那人後一句話，自然是想表明他絕不是身分低微的人，木蘭花笑道：「很好，少校，你很合作，希望我們的會面，不會有任何第四者知道。」

那少校苦笑著，走到辦公桌前，打開了一個抽屜，穆秀珍一直跟在他的身後，那人拿出了一本通行證簿子來，道：「你們叫什麼名字？」

木蘭花道：「我叫金蘭花，她叫金秀珍。」

那人已經抓起了筆，可是一聽得木蘭花報出了那兩個假名，他的手突然一震，筆也掉了下來，他失聲道：「你們，你們就是木蘭花和穆秀珍？」

穆秀珍在他的後腦用槍管撞了一下，道：「現在認識我們了？」

那人抬起頭來，長長地嘆了一口氣，道：「你們兩人真了不起，真了不起！」

木蘭花冷冷地道：「我們實在很平凡，但是你必須明白，一個再平凡的人，當人家欺負得太甚的時候，也一定會設法反抗的！」

那位少校的嘴唇掀動了幾下，沒有再發出什麼聲響來，他拿起了筆，在通行證上，填上「金蘭花」、「金秀珍」的名字，撕下了通行證，道：

「這是我國最高保安機關的通行證，你們一路上可以通行無阻，但是我不敢擔保你們一定安全。」

木蘭花瞪視著他，道：「你想說什麼？」

那少校的嘴唇又顫抖著，道：「蘭花小姐，我只請你保守秘密，在任何情形下，都不要說出我們曾經見過面，如果給我的上級知道了我曾經有過和你們合作，我的遭遇一定比死還慘！我的子女，他們的一生更慘了！」

那少校在講到後來時，聲音在發抖，那表示他的內心，真正恐懼萬分。

木蘭花望著他，心中忽然發出了一股憐惜之感，這位少校，在他們的國家之中，可以說是地位極高的特殊人物了，可是，他卻絕不能有一點差錯，如果有了一點差錯，不但他本人要受到極其悲慘的待遇，連他的家人也將永無光明，萬劫不復！

木蘭花也嘆了一聲，道：「好的，我可以答應你，或許我們在離去時，還需要你的幫助——」

那少校忙道：「只要沒有人知道，我一定盡力而為！」

他一面說著，一面伸出手來。

木蘭花略為考慮了一下，就和他緊緊握了握手。

那少校又帶著她們，出了船艙，熄了遊艇上的燈，給了她們一些錢，和告訴她們火車站的所在。木蘭花和穆秀珍兩人跳上了碼頭，上了岸。

一上了岸，穆秀珍就問道：「蘭花姐，那傢伙後來又嘰哩咕嚕的說了些什麼？」

木蘭花道：「他要我們為他保守秘密，秀珍，我們得搭火車到首都去，你要記得，不可胡亂開口，你學外國話的天分，實在很差！」

穆秀珍瞪著眼，想表示不服氣，但這時，有幾個碼頭工人模樣的人走了過來，是以她憋住了氣，不說什麼。

木蘭花和她一起向前走去。

入夜之後，這個城市簡直寂靜得如同死市一樣，碼頭附近還比較熱鬧些，有一艘大貨輪正在卸貨，可是在離開了碼頭之後，卻靜得一點聲音也沒有。

木蘭花和穆秀珍可以說是足跡遍及全球的了，但是，這個國家，她們卻還是第一次來，她們照著那少校的指點，向前走著，除了步行之外，可以說已沒有別的交通工具可以使用了。

在來到了一個十分靜僻的街角的時候，木蘭花又取出了那具小型無線電通訊儀來，低聲道：「上校，你可聽到我的聲音？」

她一面說，一面自那具無線電通訊儀中，拉出一個耳機，塞在耳上，她先聽到了一陣雜亂無章的「格格」一聲，然後，她聽到了佛德烈上校的聲音。

佛德烈上校道：「你在什麼地方？為什麼隔那麼久，才作第二次試音？」

木蘭花道：「一切都很順利，我們現在要到首都去。」

佛德烈上校的聲音，顯然是吃驚之後發出來的，他道：「那麼，我們不是要失去聯絡了麼？你用的通訊儀，在十哩之外就不起作用了！」

木蘭花道：「是的，我知道，但我們會回來，你或許要多潛伏一些時候，記得，要小心，別讓他們發現！」

佛德烈上校的聲音有點無可奈何，他道：「好，只好這樣了，祝你好運！」

木蘭花藏好了通訊儀，和穆秀珍繼續在寂靜的街道上向前走著，不一會，她們就看到火車站。

火車站的建築倒很宏偉，可惜燈光黯淡，以致高掛在火車站前的那幅大肖像，肖像上的那個威武，略嫌肥胖的中年人，似乎也有點黯然失色。

火車站中倒很熱鬧，穆秀珍和木蘭花進了車站，車站中大多數是穿著制服的人，憑著她們的通行證，很容易就買到了直達首都的車票。

火車要四十分鐘之後才開，她們在火車站附設的餐室中，吃了一些簡單的食品。

回到了候車室中，穆秀珍低聲道：「蘭花姐，你看，全是穿制服的人，我們的服裝似乎不怎麼妥當。」

木蘭花皺著眉，道：「是啊，而且，我們的錢在買了車票之後所剩無幾，只怕要餓肚子了！」

穆秀珍聽得木蘭花那樣講，反倒高興了起來，道：「蘭花姐，你答應了？」

木蘭花其實根本沒有答應什麼，而穆秀珍其實也沒有提出什麼要求來，可是她們兩人，自小就在一起，在很多情形下，根本不必明說，就可以明白對方的心意了。

剛才，穆秀珍說她們的衣服不怎麼妥當，容易暴露她們的身分，那自然是想去弄套制服來，而木蘭花又說她們的錢也不夠了，那就是同意了穆秀珍的意見，而且叫穆秀珍去弄點錢來！

當下，木蘭花點了點頭，道：「要小心！」

穆秀珍笑著，站了起來，向前走了出去。

木蘭花看著她來到了一個女軍官的身旁，低聲在向那女軍官說著話，那女軍官驚愕地回過頭來望著她，穆秀珍還站近了去，和那女軍官比著高矮。

那女軍官的神情像是有些憤怒，木蘭花也不知道穆秀珍對那女軍官說了些什麼，穆秀珍和那女軍官竟一起向前走去。

她們兩人轉過了牆角，木蘭花只感到好笑，她等了約莫五分鐘，一個女軍官神氣活現地走了出來，向木蘭花揮了揮手，穆秀珍已穿起了全套女軍官的服裝，接著，她又向另一個女軍官走去。

又過了十分鐘，她又自牆角處轉出，手中還提著一隻公事包。

二十分鐘之後，木蘭花和穆秀珍都穿著少尉軍官的制服，上了車廂。

穆秀珍忍住了笑，忍得很辛苦，上了車廂之後，看看車中沒有人，她才哈哈地大笑了起來。

木蘭花也不禁微笑著，道：「你用什麼方法，才使事情進行得那麼順利？」

穆秀珍笑道：「同樣的辦法，我告訴她們，在行李堆中，有一個美國人躲著。她們一聽到美國人，就像被毒蜂叮了一口一樣，立時有強烈的反應，結果，她們自己卻倒在行李堆中，我看她們至少要昏迷兩小時以上！」

木蘭花道：「你別太得意了，小心她們認出你來！」

穆秀珍道：「等她們醒來時，我們只怕已經到了首都了，上哪裡找我們去？」

穆秀珍興高采烈地說著，木蘭花看到有不少人絡續上車來，就向她做了一個手勢，穆秀珍也立時住了口。

不一會，汽笛長鳴，車聲震動，火車已開動了，木蘭花靠在椅背上，看來像是已經睡著了，穆秀珍則一點睡意也沒有，她是在一個陌生的地方，而且在這以前，她從來也未曾想到，自己會到這個陌生地方來旅行的，她注意著外面的景色。

可是，當她看來看去，只看到黑沉沉的一片時，她也漸漸睡著了。

等到火車到達首都時，天色已經亮了。車廂中的人爭先恐後地下車，木蘭花提著手提包，和穆秀珍混在旅客之中下了車，出了車站。

這個城市，早晨的空氣清新而寒冷，在火車站外，是一個巨大的廣場，出了火車站之後，轉過頭來，可以看到火車站的牆上，有著巨大的領袖肖像和標語。

木蘭花和穆秀珍穿過了廣場，站在街邊，街上的行人很多，大多數行色匆匆，看來全是趕著去上班的人，最普通的工具是腳踏車。

來到了這樣一個陌生的地方，連木蘭花也不知道該如何著手才好，這裡沒有計程車，所有的旅客全是國家控制的，自然，她們有著足夠的證件可以投宿，可是，旅店在什麼地方呢？

穆秀珍低聲問道：「蘭花姐，我們怎麼辦？」

木蘭花深深地吸了一口氣，道：「我們得先設法去看一看那家兵工廠，我相信雲五風一定被他們弄到那家兵工廠去了！」

穆秀珍點著頭，她忽然又道：「蘭花姐，我們曾經歷過不少危險，可是絕沒有一次像這次那麼困難的，你可覺得麼？」

木蘭花苦笑道：「自然覺得，如果不是我們非將人救出來不可的話，我們一定放棄了，在這裡，我們無法得到任何援助，也無法和任何人聯絡，我們甚至無法通知高翔和方局長，我們已到了這裡，他們一定以為我們已經神秘失蹤了！」

穆秀珍也苦笑著。

木蘭花道：「我看我們得使用公共交通工具，讓我去問問路！」

她向著一隊小學生走了過去，帶隊的那個學生，一看到木蘭花向他們走近，立時行了一個禮，木蘭花和他交談了幾句，才退了回來，道：「到北郊去的公共汽車站，就離這兒不遠。」

穆秀珍像是唯恐和木蘭花失散一樣，緊步地跟在她的身邊，真的，在如今那樣的情形下，如果她和木蘭花失散，那不知該如何才好了！

她們兩人來到了公共汽車站，擠上了車子，在車尾找到了座位，不一會，車子開動了。

那天的天氣很好，陽光普照，車子駛過了市區，市區中還有著戰爭的痕跡，殘垣敗牆，到處可見。而更令得她們感到不自然的，是幾乎每一個人都緊繃著臉，沒有一點笑容，這簡直是一個沒有歡樂的國家。

車到了終站，木蘭花又和站長交談著，才和穆秀珍繼續向前走去。

在離開了終站十來碼之後，木蘭花才道：「站長說，那兵工廠距離這裡還有兩里，我一問兵工廠，他就有疑惑的神色，我說是從另一個軍事基地來，有公幹的，他才肯告訴我！」

穆秀珍道：「那麼，我們再向前去，豈不是要接受更多的盤問？」

木蘭花道：「自然是，但是我可以應付，我想，以我們身上的制服和那張通行證，要混進兵工廠去，是沒有問題的了，問題就在於我們到了兵工廠之後，如何才可以查出雲五風的所在？」

木蘭花料得不錯，她們向前走著，走出了不到半里，就遇到了一個崗哨，但在她們出示了那張通行證之後，就順利通過。

接著，又是一個崗哨，然後，就可以看到聳立的煙囪，宏大的工廠建築，她們來到了工廠的大門口，更是警衛森嚴。

然而，在她們出示了通行證之後，一個軍官只向她們約略問了幾句，木蘭花鎮定地回答著，那軍官就讓她們兩人進了廠門。

那是一間規模極大的工廠，在工廠的門口，只掛著「國防部直屬第一廠」的招牌，工廠的大門之內，是一大片草地，和一列房屋。

那列房屋，看來像是辦公大樓，進了工廠之後，看不到什麼工人，只看到各種階級的軍官。

木蘭花和穆秀珍來到了辦公大樓之前，推開了一扇玻璃旋轉門，走了進去，在那時，穆秀珍和木蘭花兩人一直在想著，下一步行動，應該如何。

木蘭花想到，她們應該直接求見摩亨將軍，然而，摩亨這個名字，不過是行動中的一個代號，在這裡，是不是也應該稱他為摩亨將軍呢？

木蘭花正在考慮著這一點，是以她在進了辦公大樓之後，略停了一停。而就在這時，她看到大堂兩旁的走廊中，各有五六個軍官走了出來。

看到那些軍官走了出來，木蘭花和穆秀珍還未曾在意，可是，自兩邊走廊中走出來的十個軍官，卻看到她們兩人走了過來！

等到他們來到了近前，木蘭花已覺出事情不對頭時，卻已經遲了！

那十個軍官已一起散了開來，將她們兩人圍住，穆秀珍驚愕得張大了口想叫，可是事情來得實在太突然了，她卻又叫不出來！

她實在不明白，事情一直進行得很順利，何以在突然之間出了岔子！

不要說穆秀珍不明白，連木蘭花自己，也一樣不明白。

而就在此際，一個軍官已經道：「兩位請，將軍已等了你們很久了！」

木蘭花還想挽回局面，她微笑著道：「我們不想見將軍，我們來，只不過是和工廠的採購科接洽一些事。」

那軍官笑了起來，道：「你們想採購什麼？採購一些情報，還是軍服，快跟我們來，別企圖反抗，你們根本沒有反抗的餘地。」

木蘭花震動了一下，仍然道：「我不明白你在說什麼，你們一定認錯人了！」

那軍官冷笑著，道：「木蘭花小姐，我想我沒有認錯人，對不對？」

到了這時候，任是木蘭花再有過人的機智，也是沒有辦法可想了！

她吸了一口氣，和穆秀珍互望了一眼，穆秀珍現出了一臉的苦笑，而木蘭花立時恢復了鎮定，她道：「很好，我們來此，本來就想見見將軍！」

那十個軍官，一直圍著木蘭花和穆秀珍，其中一個伸手奪過了木蘭花手中的公事包，他們一行人迅即來到了走廊中，到了走廊的盡頭。

在那走廊中，戒備森嚴，到了走廊的盡頭，一扇門打開，原來是一座升降機，到了升降機前，那十個軍官，四個陪著木蘭花和穆秀珍進去。

他們的手中各執著手槍，他們一進了那座升降機中，便站在升降機的四角，命令木蘭花和穆秀珍站在當中。

升降機的門關上之後，卻並不是上升，反而是向下降，下降了大約一千呎，升降機停止，打開來，門外又是一條走廊。

這條走廊上的戒備情形，比上面的更嚴重，至少有二十個人，各握著手提機槍，升降機的門才一打開，二十柄手提機槍便一起對準了升降機！

木蘭花吸了一口氣，她簡直難以設想，世界上竟然有戒備得如此嚴密的所在！

別說是人，就算是一隻蒼蠅，如果未經准許，想由升降機出來，通過這個走廊，只怕也是沒有可能的事！

和木蘭花、穆秀珍一起上來的那四個軍官，兩前兩後，將木蘭花和穆秀珍押在中間，向前走著，又來到了走廊的盡頭的一扇門前，那扇門旁的一個擴音器立時傳出聲音，道：「早上的日出！」

那四個軍官齊聲道：「長流的江水！」

來到這扇門前的時候，木蘭花至少發現了三點：第一，門上有著對講機；第二，有三支電視攝像管在門上，可以使門後的人清楚地看到門外站著的是什麼人；第三，這扇門是用電控制的，不從內打開，外面無法弄得開，除非使用大量烈性炸藥。

而門內、門外的那兩句對答，自然是暗號，門內那人明明可以看到門外的是什麼人，還要詢問暗號，這種防範之嚴密，著實罕見，木蘭花心中也不禁佩服。

木蘭花心中佩服，自然是以為那絕非多餘，因為現代的化裝術要使一個人變成另外一個人，在電視螢光幕上根本是不容易分辨得出來的！

接著，那扇門便向上升起，木蘭花等一行人一起走進去。

門內是一間會客室，四角都站著衛士，一個中校軍官迎了上來，向木蘭花和穆秀珍望了一眼，轉身向前，來到了另一扇門上。

等那軍官來到了門口之除，已聽得門上的對講機中，傳來了一個似乎混濁不清的聲音，道：「押她們進來！」

穆秀珍「哈」地一聲，道：「原來我們不是客人！」

在她們前面的軍官，已推開了門，門內是一間極宏大的辦公室，在一張巨大的辦公桌後，坐著一個禿了頭，穿將軍制服的人，在那位將軍的身後，則掛著一幅巨大的領袖肖像。

木蘭花和穆秀珍兩人走了進去，辦公桌後的摩亨將軍，用一種陰森的目光望著他們。

穆秀珍笑道：「你就是摩亨將軍麼？幸會！幸會！」

她一面說，一面向前走去，還伸出手來。

她的動作看來像是想走過去和摩亨將軍握手，而她心中的打算則是，如果摩亨將軍和她握手的話，那麼，她可以出其不意地將之制服，制住了摩亨將軍的話，形勢自然大大改變了！

可是，穆秀珍才向前走出了一步，便引來一陣叱責聲，兩個軍官手中的槍已抵住了穆秀珍的腰際，不准她再向前走去。

穆秀珍站定了身子，道：「嗯，這是幹什麼啊，我只是想和將軍握握手而已！」

木蘭花道：「秀珍，別太天真，你沒有看到，我們下來的時候，有多少人在戒備麼？摩亨將軍怎會輕易和你握手？」

摩亨「嘿嘿」地笑了起來，指了一指，道：「坐下，我們好好談一談！」

木蘭花和穆秀珍循著他所指，在靠牆的一排沙發上坐了下來。

出乎她們兩人意料之外的是，在她們坐下之後，帶她們進來的幾個軍官一起退了出去，辦公室中，只剩下她們和摩亨將軍三個人了！

穆秀珍一看到這種情形，心中又「怦」地一動，立時向木蘭花望了一眼，木蘭花知道她心中在想，現在可以出手了。

木蘭花也不知道為什麼摩亨將軍竟肯和她們單獨相處，但是她卻不像穆秀珍那樣想法單純，她知道摩亨將軍絕不會是沒有預防的。

是以，她在穆秀珍向她望來之際，暗中傳了一個眼色，示意穆秀珍不可妄動。

這時候，摩亨將軍已開了口，道：「你們竟來到了我的國家，這不是來自討苦吃麼？」

摩亨的話說得十分陰森，而且這時，事實上木蘭花和穆秀珍也已完全落在摩亨的勢力範圍之內，毫無反抗的地方了！

換了尋常人，在那樣的情形下，實在是沒有什麼話可說的了。可是，心思縝密的木蘭花，卻立時聽出了摩亨將軍話中的破綻，她冷笑一聲，道：「將軍，你有沒有說錯？你的國家？我以為這個國家是他的！」

木蘭花指著摩亨將軍身後的肖像，那是一幅在這個國家的每一處地方都可以看到的肖像。

木蘭花在一指之後，立即又道：「除非你準備代替他的領導地位！」

這句話一出口，摩亨將軍的臉上也不禁為之變色！他也立即感到自己是失言了，這樣的一句話，在一個極權國家中，可以構成一項極其嚴重的罪名！

摩亨將軍吸了一口氣，他究竟是一個經驗老到的特務頭子，只不過在一剎間，在他的臉上，便再難找到一絲吃驚的神色。

他冷冷地道：「我等你們很久了！」

木蘭花攤了攤手，道：「很佩服，直到現在為止，我還無法明白你是怎麼發現我們行蹤的！」

這一次，木蘭花的話，使摩亨將軍感到很得意，他「哈哈」笑了起來，道：「你們不明白麼，請看看這個，就明白了！」

他自辦公桌上取起一張紙來，向著木蘭花和穆秀珍，那張紙上，畫著一個頭像，一看就可以知道，那人是穆秀珍！

摩亨將軍又得意地笑著，道：「在火車站中，有兩位軍官先後被同一個人襲擊，她們口述犯罪者的樣子，當這幅圖一送到我這裡來的時候，我就知兩位小姐已經大駕光臨，我也知道，兩位小姐一定會找到這裡來的，這不是很簡單麼？」

木蘭花和穆秀珍互望了一眼，穆秀珍苦笑著。

木蘭花道：「這好像講不通吧，你只知道我們來了，何以又知道我們會找到兵工廠來？」

摩亨將軍笑著，道：「我自然不會忘記你們不是普通人物，我帶走雲五風，你們已經可以猜到是什麼原因了，你們當然會在各大工廠下手調查，而你們假冒軍官，首先調查的目標，自然是兵工廠！」

木蘭花微笑了一下，道：「很了不起！」

摩亨將軍聳了聳肩，道：「那算得什麼，你們兩人來了，那正好，你們是自己來的，到了我這裡，我可以隨便怎樣處置你們！」

木蘭花微笑著，道：「這句話，倒是再對也沒有了，你們這裡根本不是有法律的地方！」

摩亨將軍的臉色一沉，道：「在我們這次行動之初，我曾面謁領袖，也提過你們，剛才我還和領袖通過電話，他也同意我的建議！」

木蘭花道：「你的建議是什麼？」

摩亨沉聲道：「我們要進行一項重大的秘密任務，而雲五風只能夠幫我們解決技術上的問題，執行任務，需要有機智、勇敢的人，木蘭花小姐，你就是我們所期待的適當人選了！」

木蘭花笑道：「那真是自投羅網了！」

摩亨將軍又道：「如果任務完成，那麼，領袖說，你們兩人，可以成為我國的公民！」

穆秀珍一直不出聲，直到此際，才大聲叫了起來，道：「見鬼，誰願意做你們國家的公民！」

摩亨將軍冷笑著，道：「我國的物質享受或者不是太好，但是作為一個公民，比起在冰天雪地中的苦工營來，總要好得多了！」

穆秀珍瞪著眼，氣得說不出話來。

木蘭花在那剎間不斷地轉著念，她的腦中很亂。但是有一點，她倒是可以肯定的，那便是：暫時和摩亨將軍敷衍著，是有好處的！

她淡然一笑，道：「那是以後的事情了，不妨以後再說，你要我們做什麼？」

摩亨將軍也笑了起來，道：「那也是以後的事情了，你們自然會得到指示的！」

木蘭花道：「我們要見一見雲五風。」

摩亨將軍道：「不能，你們會被帶到一間舒適的房間中去休息，除了沒有自由之外，什麼都有，你們不必動腦筋打算逃走，因為那絕不會有結果的！」

穆秀珍突然跳了起來，衝向前，她的動作十分快。

可是，當她撲到了離摩亨將軍的辦公桌四五呎前之際，卻「砰」地一聲，碰在一塊玻璃上！

在她們和摩亨將軍之間，原來一直有一塊玻璃隔著。

那塊玻璃上連一絲灰塵都沒有，別說穆秀珍，連木蘭花也一直未曾覺察！

當穆秀珍撞上玻璃之際，摩亨將軍哈哈大笑了起來！

穆秀珍的額上紅了一大塊，神情更是狼狽之極，摩亨將軍笑得前仰後合，道：「哈哈，我早已警告過你們了，不是麼？」

木蘭花立時道：「如果你要我們執行任務，就必須先告訴我們，任務是什麼！」

摩亨將軍笑著，笑得十分得意。

在他笑聲不斷傳出時，他伸手在桌上按了一按，在他身後的一道暗門已打了開來，而他所坐的椅子則向後縮去，當他連人帶椅進入暗門之際，他道：「這一點你不必心急，到時自然會告訴你們的。」

他的話剛講完，暗門已移上，木蘭花和穆秀珍已經看不到摩亨將軍了。緊接著，門打開，兩個軍官走了進來，道：「跟我們來，將軍的命令是，如果你們企圖反抗，那麼不但你們要被處死，連雲五風也要遭殃！」

那軍官在傳述摩亨將軍的命令時，神情嚴肅，殺氣騰騰，可是木蘭花卻毫不在乎，她只是冷笑著，道：「你可以代我轉告摩亨將軍，這樣的話，是嚇不倒我們的，而他也不會處死我們，因為他計劃的那個特殊任務，還得靠我們三個人來完成！」

那軍官被木蘭花的幾句話，說得十分狼狽，只好用大聲呼喝來掩飾他的窘態，他嚷道：「少廢話，現在，你們跟我來！」

那兩個軍官轉過身，走出去，木蘭花和穆秀珍跟在他們的後面，一出門，立時又有幾名持著槍的軍官跟了上來。

7 智脫虎口

在嚴密的監視下，一行人來到了一扇門前，門前早有兩個警衛在，其中一個警衛扳下了門旁的一個掣，門打了開來，押送的軍官道：「進去，你們需要什麼，我們可以供應！」

木蘭花和穆秀珍兩人走了進去，那是一間佈置得十分舒適的套房，比諸歐洲第一流的大酒店也不遑多讓，木蘭花一進屋，就發現了兩支電視攝像管，一支在吊燈中，另一支在門上。

她打開了另一扇門，到了臥室中，又發現了另一支隱藏的電視攝像管。

那顯然是地下室，因為一扇窗子也沒有，但是空氣很清新，新鮮空氣，由空氣調節系統，從天花板上的許多小圓孔中輸送進來。

兩間房間，除了一扇門之外，絕對沒有別的通路可以通向外面，而那扇門，木蘭花和穆秀珍在進來的時候，都看得很清楚，是電控制的，要由外面才能打開。

在木蘭花發現了電視攝像管的同時，穆秀珍也找到了五個偷聽器，她在每一個偷聽器前大叫一聲，然後將偷聽器放在腳下踏碎。

木蘭花在五分鐘之內，將幾條電視攝像管的電線一起拉斷，然後，穆秀珍拿起一張椅子來，用力撞著門，口中嚷著道：「拿些食物來，我們餓了！」

門旁一具對講機中，傳來了對方的聲音，道：「打開那個桃木櫃，會有食物。」

穆秀珍來到那桃木櫃，將櫃子打了開來，只見櫃後一道一呎見方的暗門移開，不一會，便聽到一陣傳送帶移動的聲音，食物陸續地被傳送帶送到了櫃中。

木蘭花和穆秀珍全神貫注地望著那道暗門，那可能是另一個可以通向外面的通道，但是她們卻只能相視苦笑。

因為那個方洞只有一呎見方，她們兩個人都無無法令自己的身子縮小得可以在這個方洞中鑽出去！

木蘭花將食物一樣樣搬了出來，她們的確肚子餓了，而且，她們被困在戒備如此嚴密的地下室中，暫時顯然逃不出去，老是餓著也不是辦法，穆秀珍勉強笑著，道：「來，蘭花姐，讓我們多多消耗敵人的物資！」

她一面說著，一面已狼吞虎嚥，大嚼起來。

吃完之後，她在沙發上躺著，木蘭花則到門旁，將耳貼在門上，用心聽著。

木蘭花聽到門外不時有腳步聲，和模糊不清的談話聲傳來，木蘭花取出一柄鋒利的小刀，在門上用刀割著，在割破了一層極薄的木板之後，那道門是銅製的！

穆秀珍搖著頭，苦笑著道：「沒有用，蘭花姐，我們逃不出去的。」

木蘭花仍然皺著眉，望著那扇門，不出聲。

穆秀珍又道：「蘭花姐，你可猜得到，那禿頭將軍究竟想要我們做什麼事？」

木蘭花道：「我想一定是一件十分困難，但是成功的話，卻對他們有巨大利益的特別行動。」

穆秀珍嘆了一聲，木蘭花雖然回答著穆秀珍的話，但是她卻一直望著那扇門，並未曾轉回身來。

這時，她伸手按在門的電燈掣上，「啪」地一聲，燈熄了。

燈一熄，眼前立時一片漆黑，穆秀珍在黑暗中叫了起來，道：「做什麼？」

木蘭花沉聲道：「著亮你椅子旁的座燈。」

穆秀珍伸手摸到了燈掣，將燈著亮，木蘭花向她招著手，道：「來！」

在木蘭花的神情上，穆秀珍立時可以看得出木蘭花是想到什麼了，是以她立時興奮地跳了起來，望著木蘭花。

木蘭花指了指天花板上的那盞燈，並且用手中的小刀，指著門的電燈掣，將牆上華麗的牆紙割開了兩道縫，剝了下來。

穆秀珍也取出了一柄小刀子，她那柄小刀子，是藏在鞋底下的，她們兩人合力用小刀挖著牆，順著燈掣向上，不一會，就挖出了一條一呎來長的小坑來，將隱藏在牆內的一條軟塑膠管，將其中的電線拉了出來。

她們拉出了一條三四呎長的電線，穆秀珍低聲道：「可以憑它逃出去？」

木蘭花吸了一口氣，道：「試一試！」

木蘭花將電線的膠皮割開，讓銅線散開來，然後，她將銅線搭在那扇門上，用木片將電線固定，電線的一端，已搭住了門上的鋼板。

穆秀珍又低聲道：「你是希望——」

木蘭花拍著電燈掣，道：「這扇門是電控制的，我希望使整扇門通電，破壞它的控制系統，如果成功，我們多少有點機會。」

穆秀珍興奮得漲紅了臉，木蘭花向她點了點頭，當她的手伸向電燈掣的時候，她的手指甚至有點發抖！

穆秀珍「啪」地一聲，按下了電燈掣，貼在門口的電線一端的銅絲，立時爆出了一陣火花，發出「劈劈啪啪」的聲響來，木蘭花的神情也十分緊張。

只聽得門旁的對講機中，傳來了守衛的呼喝聲，道：「喂，你們在幹什麼？老實一些！」

穆秀珍道：「我們在放炮仗慶祝！」

她一面說，一面已按回了電燈掣，木蘭花一伸手，拉脫了搭在門上的電線。

移秀珍和木蘭花互望了一眼，木蘭花將小刀緩緩地插進門縫之中，她才一用力，那門便向內移了半寸。

穆秀珍一看到這等情形，高興得張大了口。

她雖然衝動，卻也知道，這時候，她如果大叫，一給門外的人聽到，那就前功盡棄了，她怕自己仍然會忍不住發出歡呼，是以立時用雙手緊捂著自己的口。

她們已經成功地利用電流，破壞了那扇門的電力控制系統。當電線搭在門口，而穆秀珍又按下電燈掣之際，電流充滿了整扇鋼門，鋼門內複雜的控制系統，自然也立時受到了破壞。

這就是為什麼當木蘭花用小刀插進門縫之中後，那扇門向內略移了半吋的原因。

這時候，她們已完全可以將那扇門打開來了，但是木蘭花卻立時縮回手來，將門輕輕推上，並且拿過一張椅子來，頂在門前，使那扇門不致於自動打開來。

穆秀珍放下捂住口的雙手，拍了拍那扇門，拉著木蘭花的衣角，神情十分焦急。

木蘭花拉著她，兩人一起退到了臥室之中，穆秀珍立時道：「蘭花姐，我們已經可以出去了，為什麼還不出去？」

木蘭花沉聲道：「我們進來的時候，你可是沒有看到，警衛何等森嚴，我們就算出了房間，又有什麼用？」

穆秀珍呆了一呆道：「那我們怎麼辦？不是白辛苦一場了麼？」

木蘭花瞪了穆秀珍一眼，穆秀珍就是那樣的人，特別容易興奮，也特別容易失望。

木蘭花道：「我們等著，我相信，這裡的警衛如此嚴密，一大半是因為摩亨將軍在這裡的緣故，但是這裡絕不是特務頭子的正式辦公室，他會離去的，在他離去之後，一定不會有那麼多的警衛了！」

穆秀珍又道：「那我們有什麼法子，可以知道他已離去了呢？」

木蘭花道：「我們沒有法子可以確知摩亨將軍是不是已離去，但是我們至少可以等，等到天黑之後，再來採取行動！」

穆秀珍叫道：「等到天黑，蘭花姐，現在只不過是中午啊！」

穆秀珍那樣說，是表示她們要等的時間實在太長了，但是木蘭花卻道：「是啊，那正好，我們可以好好地睡上一覺！」

穆秀珍立時道：「睡覺？」

木蘭花點了點頭，在床上躺了下來，這時，她們仍然穿著女軍官的制服，腰際有一條相當寬的皮帶，木蘭花一躺下來，就解開那條皮帶，順手拋在地上，接著，就閉上了眼睛。

穆秀珍站在床邊，她實在想將木蘭花拉起來，就此衝出房間去。可是她卻也知道，木蘭花既然決定到晚上才行事，那麼，自己再說什麼也是沒有用的了，她只好長嘆一聲，在床上躺了下來。

當穆秀珍在床上翻來覆去，故意發出各種各樣的聲響，希望木蘭花也睡不著之際，木蘭花卻真的睡著了，看她的神色那麼平靜，完全像是睡在自己的家中一樣。

穆秀珍望著木蘭花，無可奈何地搖著頭，發出了一下嘆息聲，也閉上了眼睛。

夜幕低垂，兵工廠的大門內外，兩行工人在等候著檢查，一行是放工的工人，一行是來上夜班的工人，檢查得十分詳盡，是以行列的移動，也很緩慢。

突然，一陣摩托車聲，自工廠的辦公大樓處傳了過來，四輛摩托車開道，後面跟著兩輛一模一樣的黑色大房車，再後面，是兩輛吉普車，車上各有八名警衛。

守門的警衛一看到車隊駛來，便立卻推開了大門，車隊以極高的速度，駛出了工廠，揚起了一大片灰塵來，等在門口的工人，都以一種漠然的，麻木的神情，望著疾駛而去的車隊。

夜來得十分快，轉眼之間，天色已全黑了！

這時候，被困在地下密室中的木蘭花，已醒了過來，她看了看手錶，是九點十二分。

天已經黑了，摩亨將軍是不是已經離去了呢？她無法確知。

她向穆秀珍望了一眼，穆秀珍已睡得很沉，她輕輕走出了那臥室，來到了門前，又將身貼在門上，門外靜了許多，依然有腳步聲傳來。

那種腳步聲，聽來很有規律，木蘭花用心傾聽了五分鐘之久，她已然可以肯定，在門外有兩個人，而這兩個人，正在門外踱來踱去。

那扇門仍然被椅子頂著，這證明門外的人，絕不知道門的電力控制系統已被破壞，被困在房間中的人已隨時可以將門打開！

木蘭花轉過身，回到臥室，推醒了穆秀珍，穆秀珍一躍而起，道：「我睡了多久，現在什麼時候了？」

木蘭花道：「快九點半了！」

穆秀珍道：「那個該死的禿頭，應該已經走了吧！」

木蘭花道：「希望如此。秀珍，我已經可以肯定，在門外，只有兩個守衛，我們要出其不意地將他們擊倒，換上他們的衣服，拿著他們的武器，看看是不是有機會衝出去，去找雲五風。」

穆秀珍道：「雲五風一定在這裡？」

「當然是，」木蘭花說：「而且，摩亨將軍一定還會逼他連夜工作！」

穆秀珍擦著手掌，道：「去！」

她們兩人來到了門前，將椅子移開，木蘭花又以小刀插進門縫中，使門打開了一些，然後，她放好了小刀，用手指扳著門。

門外只有兩個守衛，那兩個守衛正揹著衝鋒槍，在來回踱著，門突然打開來，他們也陡地停住了腳步！

可是，由於事情發生得實在太突然了，在那兩個守衛而言，那是全然沒有可能的事，那門竟然打了開來，這真是不可能的，是以在那剎間，他們只是立著，不該如何才好！

那兩個守衛發呆的時間，其實也極其短暫，可能還不到一秒鐘，然而，就算時間再短暫，對木蘭花和穆秀珍兩人來說，也已經夠了。

她們所需要的，就是那不到一秒鐘的時間！

她們兩人一起撲向前，手臂箍上了那兩個守衛的頸，將那兩個守衛直拖了進來，穆秀珍一橫身，又將門關上，左拳已經將那守衛擊昏了過去。

在穆秀珍將守衛擊昏過去之際，木蘭花已開始將那守衛的上衣脫下來了。

只不過一分鐘，她們已換上了守衛的衣服，用軍帽蓋住了她們的頭髮，照樣將衝鋒槍揹在肩上。

木蘭花先將門打開了，看看外面沒有人，她向後一揮手，穆秀珍仍用槍托，在那兩個已昏了過去的守衛的後腦上，重重撞了兩下，使得他們不會那麼快就醒來。

她們出了門，將門關好，兩人在門外，也像那守衛一樣，來回踱了兩步，走廊中靜得一點聲音也沒有，她們互望了一眼，向前走去。

當她們來到走廊的轉角時，她們停了下來，木蘭花緩緩探出頭，向前看去。只見前面的走廊中，直通那升降機口處，在二十呎長的走廊中，仍然有著八名警衛。

木蘭花猶豫了一下，這時，她和穆秀珍兩人，自然可以出其不意，提槍掃射。那八個守衛，自然沒有抵抗的餘地，然而，槍聲一響，整個工廠都會震動，她們也根本沒有機會去找雲五風了！

木蘭花看了一下之後，退了回來。

穆秀珍焦急地問道：「怎麼樣？」

木蘭花道：「前面有人。」

穆秀珍道：「我們已換了裝束，可以大模大樣地向前走去！」

木蘭花搖頭道：「這班警衛，自然全是相處已久的熟人，如果希望我們大模大樣地走出去，而不被他們發覺的話，絕無可能！」

穆秀珍眨著眼，木蘭花在那剎間，也不知該如何才好，她在急速地轉念著，就在這時，只聽得她們的身後，有開門聲，木蘭花和穆秀珍兩人一震，已聽得身後有人道：「喂，你們過來！」

木蘭花和穆秀珍迅速地互望了一眼，一起轉過身，低著頭，向前走去。

這時，有一個軍官，也正向她們走了過來，突然之間，木蘭花和穆秀珍一起提起槍來，槍口已指住了那軍官的胸口！

那軍官也在那一剎間，看清了他面前的兩個人不是自己人，而是木蘭花和穆秀珍！

可是，當那軍官發現這一點的時候，已經遲了，他張口想叫，穆秀珍手中的槍口，已重重撞在他的咽喉之上，使他發不出聲音來，緊接著，穆秀珍已到了他的身後，箍住了他的頭，木蘭花向那門口一指，穆秀珍抱著那軍官，到了門前。

木蘭花在門前略停了一停，突然推開了門。

她才一推開門，門內還有兩個軍官，立時轉過頭來，但木蘭花已迅速無比地向前撲了出去，槍托揚起「啪啪」兩聲響，將那兩個尚在錯愕之中，根本不知道發生了什麼事的軍官，擊昏了過去。

而穆秀珍也將那軍官拖了進來。

木蘭花關上了門，她已經看清，那是一間警衛室，靠牆的那邊，是一座控制台，控制台上，有許多電視螢光幕，其中有些只是雜亂的亮點，那大概是她們被囚房間中的電視攝像管被破壞的結果。

還有幾個螢光幕上，則顯示著走廊下層和上層的情形，在上層走廊中，也有八警衛。

更有一個螢光幕，是辦公大樓正門的情形，木蘭花在控制台前，站了極短的時間，便轉過身來，壓低了聲音，道：「上、下走廊的電燈總掣在什麼地方？」

木蘭花一問，穆秀珍就將手背略鬆了一鬆，那軍官立時掙扎道：「你們——」

木蘭花不等他再向下講去，槍口向他的口中直撞了出去，「啪」地一聲，將那人的門牙撞下了兩顆來，滿口是血。

木蘭花又沉聲道：「回答我的問題！」

那軍官急速地喘著氣，仍然不出聲，可是他的眼睛卻向牆角望去。

木蘭花立時轉過身，她看到牆上有一隻箱子，她來到了箱前，打開了箱子，箱子內是許多電掣，穆秀珍將那軍官拖到了電掣之前，道：「說！」

木蘭花冷笑道：「不必他說，我也知道了！」

她一面說，一面迅速無比地將電箱中所有保險線的絕緣器一起取了下來，穆秀珍陡地一拳，擊昏了那個軍官，這時，室內的燈也熄了！

而走廊中，立時傳來了一陣雜亂的腳步聲，已有人到了門口叫道：「報告，電燈突然熄了！」

木蘭花和穆秀珍兩人拉開了門，眼前一片漆黑，木蘭花放粗了聲音，喝道：「各守崗位！」

在門口可能已有了不少人，然而木蘭花的一喝之下，所有人都向前奔了出去，木蘭花和穆秀珍也在黑暗中向前走著，她們來到了升降機前，木蘭花摸到了升降機掣，升降機的門打開，她們走了進去。

在升降機的門打開之際，升降機中，自然有燈光射出來，但那時候，她們是背對著走廊中的守衛的，等到升降機的門關上，她們才轉過身來，木蘭花用槍柄打碎了升降機內的燈。

升降機內，一片漆黑，升降機升高了一層，停下，門又自動的打開，上一層的走廊中，也是一片黑，人聲不絕，也沒有人知道升降機升了上來。

穆秀珍和木蘭花走了出來，只聽得有人叫道：「快下去問問，是怎麼一回事！」木蘭花和穆秀珍兩人向前疾行著，不一會，就出了走廊，走上了一層樓梯。

在樓梯上的一個房間中，走出一個上校軍官來，那軍官看到她們走了上來，問道：「下面發生了什麼事？」

木蘭花立正，行禮，粗聲道：「下面的電燈突然熄滅了，正在檢查中。」那上校軍官「哼」地一聲，轉過身去。

他才一轉過身，木蘭花和穆秀珍兩人，已到了他的身邊，兩人動作一致，一邊一個，挽住了那上校軍官的手臂，使他無法掙扎。

當那上校軍官驚訝憤怒地轉過頭來時，木蘭花和穆秀珍已推著他，疾進了他剛才走出來的那間房間。

一進了那間房間，穆秀珍便叫了起來道：「五風！」

那房間中，雲五風正在一張桌子，使用著一具小小的電子新計算機，直到穆秀珍一叫，他才抬起頭來，剎那之間，他神情之驚喜，實在是難以形容的！

木蘭花一看到了雲五風，便用力將上校向前一推，槍柄向他的後腦擊下，那上校連出聲的機會都沒有，就被擊昏了過去。

雲五風站了起道：「你，你們怎麼來了？」

木蘭花道：「快，快換上他的制服！」

雲五風道：「我們沒有機會逃出去的！」

穆秀珍道：「別囉嗦，快！」

雲五風忙急地換上了那位上校的制服，三個人一起出了那間房間。

當他們來到了辦公大樓的門口時，兩輛吉普車已疾駛而至，車上的兵士紛紛跳了下來，兩個軍官奔向前來，看到了雲五風，還向雲五風行了一個禮，雲五風道：「加強警戒！」

那兩個軍官奔了進去，士兵也全湧了進去，他們三人，上了一輛吉普車，穆秀珍發動了車子，轉了一個彎，車子向工廠的大門疾駛而出。

工廠的大門正在緩緩關上，穆秀珍踏下油門，關門的那個警衛略呆了一呆，車子已疾衝而出！

在門口的崗哨中，傳來了一片呼喝聲，但是吉普車卻已經衝出老遠，穆秀珍發出了一下歡呼聲，道：「我們成功了，我們成功了！」

木蘭花道：「你高興得太早了，別忘了，我們是在敵人的國家中，半小時後，全國的軍警都會搜捕我們，是不是能逃出去，大有疑問！」

穆秀珍不服氣地道：「至少我們已成功了第一步！」

木蘭花道：「你還是專心駕駛的好，我們得設法到火車站去。」

木蘭花轉過頭去看雲五風，只見雲五風緊握著雙手，神情十分緊張。

穆秀珍風馳電掣向前駛著，不一會，已進了市區，她的記憶力顯然不如木蘭花，因為她顯然不記得火車站在什麼地方了。

而木蘭花卻記得的，在早上，她乘搭公共汽車前來的時候，她已經記熟了路。

二十分鐘之後，他們已經可以看到火車站了，木蘭花命穆秀珍將車直駛進車站，停在其他十餘輛軍用吉普車之旁，本來，她們要行蹤不為人所知的話，最好將車停在遠離火車站處。

但是，他們卻沒有時間了，只好將車停在其他的吉普車旁，以資掩護。

他們三人下了車，穆秀珍瞪著雲五風，道：「別緊張，你現在是一名上校軍官！」

雲五風苦笑了起來。

他們三人一起走進了火車站，才一進火車站，就聽得火車站中傳出了廣播，道：「為了國家安全的理由，所有的火車班次都已經取消，請各位旅客注意，為了國家安全的理由，所有的火車班次都已經取消，直到新的命令——」

木蘭花陡地站定了腳步，道：「摩亨將軍已經知道我們將人救走了，真快！」

雲五風道：「怎麼了？」

木蘭花道：「所有的火車班次都取消了。」

穆秀珍道：「我們快離開車站！」

木蘭花立時道：「不，他們一定以為取消了火車，我們就會離開車站，在那樣的情形下，在車站中反倒更安全，跟我來！」

木蘭花向前走著，穆秀珍和雲五風跟在後面，車站這時一片混亂，人人都在竊竊私議，還有不少人圍住了車站職員在詢問，而廣播一遍又一遍地在繼續著。

木蘭花等三人，來到了車站的餐室中，餐室中擠滿了人，他們找到了一個位置，坐了下來。

雲五風低聲道：「在這裡，安全麼？」

木蘭花道：「別出聲！」

木蘭花要了食品，不一會，就看到大批軍官、士兵，守住了車站的各處，一隊士兵，在一個軍官的率領下，走進餐室來。

在餐室中的人，都停止了動作，穆秀珍和雲五風緊張得手心直冒著汗，但木蘭花卻十分鎮定，那一隊士兵在餐室中轉了一轉，並沒有對每一個人詳細詢問，就走了出去，而不多久，車站中的軍警也已經撤走了。

這時候，在兵工廠的摩亨將軍的辦公室中。

摩亨將軍正對著滿房間的軍官，暴跳如雷，他用一種難聽的話，在咒罵著那些軍官。

他桌上的電話突然響了起來，他抓起了電話，只聽了兩句，便怒叱了起來，道：「車子在火車站前發現，你們就認為人在火車站麼？我已下令所有火車班次取消，他們還在車站等死啊，還不快將人撤回來，扼守各處交通要道，別再出醜了！」

他重重地放下了電話，憤怒地喘著氣。

在火車站的餐室中，木蘭花當然無法知道摩亨將軍大發雷霆的情形，但是她卻可以想像得到這一切，她行的是一著極險的險著！

她知道，自己偷駕走的車子，停在火車站前，是很容易被發現的，而摩亨將軍一定反會認為那是他們的疑兵之計，不相信他們在火車站。

而且，所有的火車班次取消了，算來他們也沒有再等在火車站中束手待捕的道理，所以，摩亨將軍一定認為他們已不在火車站了。

然而，他們卻偏偏在火車站中！

那是揣測對方心理的巨大成功。和三國時，諸葛亮用空城計嚇退了司馬懿的大軍一樣。本來是最危險的地方，在完全估計到了敵人心理之後，反倒變成最安全的地方了！

8 絕處逢生

在那隊士兵離開了餐室之後，又是鬧哄哄地一片，木蘭花低聲問道：「五風，摩亨將軍要你解決的，是什麼技術問題？」

雲五風道：「一張有一平方哩的金屬絲網，他們要這張網在空中飛行，張開，並且，通上強烈的電流，要由一萬呎的高空低降三千呎，他們已經做好了這張網，困難的是導電問題。」

穆珍珍忙道：「這樣的一張大網，要來有什麼用處？」

雲五風道：「我不知道，我問過，可是他們卻不肯告訴我！」

木蘭花皺著眉，道：「照你揣測呢？」

雲五風道：「照我的揣測，可能是他們準備在空中截擊什麼東西，而且要使那東西毀滅，不然，就不會需要金屬網通電。」

木蘭花皺著眉，她無意中轉過頭去，在她身邊的另一個座位上，有一個人正在看報紙，木蘭花一看到那報紙的標題，心中便陡地一動！

那報紙的標題是：「我國頭號敵人，將於五日後訪問敵國，對我國進行大膽挑釁。」

木蘭花忙問道：「五風，他們對你的工作，是不是有時間的限制？」

雲五風點頭道：「有，摩亨將軍的命令是，四天之內一定要完成！」

穆秀珍道：「那有什麼關係？」

木蘭花道：「太有關係了，你們看！」

她向那張報紙指了一指，雲五風和穆秀珍一起循她所指看去，兩人呆了一呆，一時之間。顯然還不明白木蘭花是什麼意思。

木蘭花低聲道：「你們看那報紙的標題。」

雲五風也低聲道：「那不是新聞了，那是一個龐大的代表團，我們早已知道這件事了！」

木蘭花道：「是的，這個訪問團在半年之前已經決定了的，訪問團中，有總統、國防部長和很多要人，這個訪問團，將由艦隊護送，所有的大人物全都在旗艦上，現在，你明白那張大網的用途了！」

穆秀珍和雲五風明白了！

剎那之間，雲五風的面色變得蒼白，而穆秀珍則張大了口，好一會，穆秀珍才道：「那是荒唐的，不可能的事！」

木蘭花道：「除此以外，不可能有別的用途，一張足有一平方哩面積，通電的大網，忽然自天而降，排列整齊前進的艦隊，會全被那張網罩在其中，電網上的電流通至兵艦上，艦上所有的人員，在一分鐘之內就全部死亡，這是一個瘋狂的計劃，但如果五風替他們解決了技術問題，他們就會付諸實行，因為訪問艦隊會在離他們的海岸不遠處經過！」

雲五風和穆秀珍仍然說不出話來，他們兩人之所以說不出話來，是因為這個行動，正如木蘭花所說，「是瘋狂的計劃」！

那幾乎是不可能的！然而，雲五風卻已見過了那張大網，一平方哩面積的金屬網，自天空中突然罩了下來，的確是可以罩住一個艦隊的了。

木蘭花又道：「我相信，他們的海軍一定也早有準備，在整個艦隊上的人員死亡之後，他們的海軍就會迅速出動，到時，截斷電流，還可以將整個艦隊據為己有，而重要人物的全部死亡，又會造成敵國的大亂，真是一舉兩得。」

穆秀珍咋舌道：「那麼，豈不是要引起大戰了嗎？」

木蘭花苦笑，道：「他們還在乎什麼大戰，他們不是已經挑起過一場大戰麼！」

雲五風頓足道：「那就糟糕了！」

木蘭花吃了一驚，道：「怎麼，你已替他們解決了技術困難？」

雲五風苦笑著，道：「我提供了一個傳電的方法，我相信這個方法是可行的。」

木蘭花站了起來，但是她立時又坐了下來，道：「那麼，我們就要快一點和佛德烈上校會面，請他通知他的國家，要他們國家的代表團，留意空中的保衛！」

穆秀珍苦笑著，道：「我們有什麼辦法和佛德烈上校會面？我們和他相隔幾百哩，而交通又被切斷了！」

木蘭花呆了半晌，才道：「現在，我們只好碰碰運氣了，還記得那個李少校麼？」

穆秀珍點了點頭，她當然記得那個李少校。那就是她們潛水登上那艘遊艇時，遇到的那個特務，後來又答應和她們合作的。

穆秀珍道：「記得又有什麼用，他能夠幫助我們麼？」

木蘭花道：「希望能，來，我們一起打長途電話去找他，打到那裡的保安機關，叫他們派人去通知艇上的李少校，和我們聯絡。」

雲五風不知什麼人是李少校，穆秀珍約略地和他講了幾句，他們三人離開了餐室，來到了火車站附設的電訊局。

他們三人全都穿著軍官的制服，所以申請打長途電話，並沒有多大的困難，他們還直接會見了電訊局的負責人，木蘭花告訴電訊局的負責人，由於特殊的原因，他們要和另一城市的保安機關通話，而且電話可能需要極長的時間，是以要求保證電路的通暢。

電訊局負責人聽到他們是要和另一個城市的保安機構通電話，立時答應，電話在十分鐘之後接通，木蘭花、穆秀珍和雲五風三人，一起進了特設的電話間。

木蘭花早已想好了如何說，是以她一拿起電話來，就道：「摩亨將軍的遊艇就停在碼頭處，請你們立即找艇上留守的李少校來聽電話，這是緊要事件！」

對方聽電話的人，像是呆了一呆，道：「為什麼不使用直接的無線電通訊？」

木蘭花粗著聲音，申斥道：「這是將軍的命令，國家的敵人有著空中截取無線電波的設備，現在限你們在二十分鐘之內，將李少校找來！」

對方連忙一連串地答應著「是」字，木蘭花還聽到接電話的那人在下達命令，那人可能是該地保安機關的負責人！

但不論接電話的人是什麼身分，木蘭花打出來的既是摩亨將軍的字號，叫來聽電話的人，又是摩亨將軍的直屬幹部，誰又敢不照她的吩咐去做。

木蘭花、穆秀珍和雲五風三人，就在電話間等著，時間彷彿凍結了一樣，過得慢極了，過了好久，穆秀珍抬起手來看看錶，才過了五分鐘。

那時，在整個首都的每一個街道上，都佈滿了軍人，摩亨將軍可以肯定木蘭花等三人未能離開首都，正在動員一切力量圍捕三人。

可是，摩亨將軍卻料不到，木蘭花等三人，就在他認為絕不可能的火車站內。那個城市的保安機關，辦事倒算是認真，在木蘭花等了十八分鐘之後，她聽到了李少校的聲音。

李少校像是很不耐煩，道：「什麼人？」

木蘭花立時對著話筒道：「李少校，如果你那邊講話不方便的話，請你先支開身邊的人，我是木蘭花。」

木蘭花自然看不到遠在數百哩之外的李少校的神情，但是從李少校突然沒有了聲音這一點來判斷，也可以知道李少校實在是大吃了一驚。

她又聽得李少校在道：「請你們出去，我和將軍要秘密通話。」

又過了一會之後，李少校才道：「好了，你說吧。」

木蘭花道：「我們已在兵工廠中，救出了雲五風。」

李少校驚道：「那……幾乎是不可能的。」

木蘭花道：「我們已做到了這一點，但是我們無法離開首都，所以要你幫忙！」

李少校的聲音十分苦澀，道：「我實在沒有法子幫你們的忙，我做不到！」

木蘭花的聲音十分堅定，道：「你可以做得到的，現在，將軍已下令停止一切火車交通，你可以駕一輛汽車來首都接我們走，你是保安機關的高級軍官，你完全可以做到這一點的。」

李少校幾乎是在哀求，道：「這……這要是給發現了，我就不得了了！」

木蘭花的聲音多少有點冷酷，她道：「少校，你現在就不得了了，你想想，要是將軍知道了，雲五風在兵工廠是你洩漏出來的，那會怎樣？」

李少校又呆了半晌，他的聲音乾巴巴地，道：「我實在想不出辦法來。」

木蘭花道：「你不必想辦法，你只要照我的指示去做就可以了，你向當地的保安機關借一輛車，要三套制服，還要化裝用品，立即動身，我估計你七小時之後，可以到達首都的火車站，願上帝保佑那時我們還未曾被捕，不然，你和我們，就一起到地獄見面了！」

李少校忙道：「我——」

可是，木蘭花不等他再繼續講下去，就放下了電話。

穆秀珍忙道：「他還沒有答應！」

木蘭花道：「他會來的，他曾經幫助過我們，一個特務如果曾和敵人合作過一次，那麼，他就必須和敵人合作第二次，絕沒有退縮的餘地！」

雲五風道：「可是這七小時，我們到什麼地方去？」

木蘭花道：「混在火車站的人群中，沒有火車開出去，車站中人一定越來越多，我們混在人叢中，才是最安全的辦法！」

雲五風和穆秀珍點著頭，他們三人一起離開了電訊局，走進候車室混亂的人叢之中。

隨著時間一小時又一小時地過去，摩亨將軍的咆哮聲也越來越駭人，他的右手因為不斷拍著桌子，已經紅腫了，他的聲音也變得嘶啞，是以聽來更駭人。

所有的警衛已一起被抓了起來，連那個看守雲五風的上校在內，一律被當作通敵國的犯罪看待，其餘的軍官，都戰戰兢兢地工作著。

在牆上，一幅巨大的本市地圖上，插了許多小旗，不斷地以無線電聯絡，報告逐街逐巷搜索的結果，每一條被搜過的街道，都插上紅旗。

有幾個高級軍官互相低聲商議著，認為應該大規模的搜火車站，可是摩亨將軍既然一早就說過木蘭花等三人已不可能在火車站中，也絕沒有人敢在如今那樣的情形之下，提出相反的意見來。

清晨來臨了，木蘭花、穆秀珍和雲五風一直坐在長凳上，他們的前後左右全是人，有的索性睡在地上，穿制服的軍人更多，是以他們倒十分安全。

算來已過了七小時，木蘭花向穆秀珍、雲五風施了一個眼色，三人一起向火車站外走去。

穆秀珍等這一刻，不知已等了多久，對她那麼心急的人來說，七小時的等待，簡直是一種虐待！

他們出了火車站，天色已經微明了，可以看到一輛輛的巡邏車，在清寒的空氣中駛過，他門等了約莫十分鐘，穆秀珍已不知在衣服上擦了多少次汗，然後，他們看到一輛汽車，在火車站前停了下來，李少校自車中探出頭來。

李少校一出現，木蘭花等三人，立時向前奔了過去，拉開車門，上了車，李少校將車緩緩駛到停車場前，停下了車，穆秀珍忙道：「別停車！」

李少校轉過頭來，道：「你們是由一艘間諜潛艇載運來的，是不是？」

木蘭花陡地一呆，一時之間，不知該如何回答才好。

李少校已道：「那艘潛艇是X國的，負責人是佛德烈上校，對不對？」

穆秀珍道：「你怎麼知道的？」

李少校苦笑著，道：「你們已沒有退路了，我離開那裡的時候，當地的海港巡邏隊發現了那一艘間諜潛艇，已經逼令潛艇升上水面，艇上人員全部被俘！」

木蘭花、穆秀珍和雲五風三人全呆住了！

這實在是意想不到的打擊！沒有了那艘潛艇，他們有什麼法子可以離開這個國家？

李少校連佛德烈上校的名字都叫了出來，自然不會是亂說，而這樣的事，照例不會立即公佈，那麼，他們怎麼辦呢？

事情突然之間有了那麼劇烈的變化，真是連木蘭花也沒有了主意。

李少校一直轉過頭，望著他們，木蘭花三人，一句話也講不出來。

過了好久，李少校才道：「我這次行動，是不可能瞞得太久了！」

木蘭花聽得他那樣說，心中一動，忙道：「你那麼說，是什麼意思？」

李少校道：「將軍直接下的封鎖令，只有將軍特別頒發的通行證才可以通過，我弄開了將軍遊艇上的秘密抽屜，弄到了特別通行證，但是這種通行證，每出示一次，便要由對方記錄下來，定期向將軍作報告，我看，我是完了。」

木蘭花的腦筋動得如此之快，她忙道：「你可以和我們一起走，利用那艘遊艇！」

李少校苦笑著道：「我是保安人員，如果離開了，只有一個辦法，就是要有別的國家給我政治庇護！」

木蘭花沉聲道：「可以，我們提供你一項情報，你將這項情報交給某國，一定可以得到政治庇護，還可以獲得良好的待遇！」

李少校驚喜道：「真的？」

木蘭花道：「真的，那項情報極有價值，情報的內容，和摩亨將軍主持的一件特別任務有關，也關係著某國總統的安全。」

李少校道：「那太好了，我可以駕駛將軍的遊艇，和你們一起走！」

木蘭花、雲五風和穆秀珍三人，在那剎那之間，都有絕處逢生的感覺，穆秀珍忙道：「那就快走吧！」

李少校道：「我還要去接我的妻子和孩子，我們一起走，請放心，我既然有將軍的特別通行證，是不會有意外的，趁天還未曾大明，你們快化裝一下！」

李少校將一隻手提箱交給了木蘭花，三個人開始化裝了起來，李少校駕著車，直到車子駛出了火車站的範圍，木蘭花等三人才看到了摩亨將軍發動的搜索，是如何的大規模。

李少校的車子在市區內，有好幾次和搜索人員的車子在一起行駛，但是他並沒有受到盤問，車子在一條街道上停了幾分鐘，李少校拉著一個抱著嬰孩的少婦走了出來。

那少婦坐在李少校的身邊，一臉驚惶的神色，李少校在安撫著她，說道：「你什麼都別問，跟著我！」

車子繼續駛向前，在駛近通向郊區的崗哨站時，接受了三次檢校。三次檢查都憑藉李少校出示摩亨將軍的通行證，得以順利通過。離開了首都之後，就一直通行無阻，顯然摩亨將軍一直認為木蘭花等三人，是無法離開首都的。

等到摩亨將軍想到木蘭花可能故意行險，仍然躲在火車站中，再到火車站來搜索時，已經是接近中午了，那時，李少校駕駛的車子已經離開首都，將近有三百哩了！

他們在下午到達那個城市，直駛碼頭，立即登上了那艘遊艇。

在碼頭上，可以看到海港中的緊張情形，所有的商船、漁船全被趕走，只有海軍的巡邏艇在海港內飛駛著，李少校一上了船，就升起了代表摩亨將軍的旗幟，遊艇以極高的速度向南駛去。

就在遊艇駛出海港之後不多久，木蘭花已利用遊艇上的無線電通訊設備，和本市取得了聯絡，她也聽到了方局長和高翔的聲音。

方局長和高翔的聲音之中，充滿了難以形容的歡愉，木蘭花道：「方局長，請和某國領事聯絡，在我身邊，有一位李少校，他願意以一項極其珍貴的情報，換取某國的政治庇護！」

方局長道：「那等你們回來再說吧。」

木蘭花道：「來不及了，你請某國領事立時調動空軍，派出水上飛機，降落在海面，接李少校一家走，李少校提供的情報，重要之極！」

方局長遲疑了一下，道：「好的，那麼，請隨時報告你們所在的位置！」

遊艇繼續向前駛著，速度極高，木蘭花每隔十五分鐘，就報告一次位置，兩小時之後，他們就看到一列戰鬥機低飛而過。

接著，又是一隊飛機飛過，一小時之後，三架水上飛機盤旋著，降落在海面上，李少校駕著遊艇，駛近其中的一架。

李少校和他的妻兒立時上了那架水上飛機，在機艙口，李少校向甲板上的木蘭花、穆秀珍和雲五風揮手道別，他那架飛機立即起飛，到了空中之後，有四架戰鬥機自遠處飛來護航。

木蘭花將摩亨將軍的全部計劃，講給了李少校聽，她知道，那架水上飛機，會直飛最近的某國空軍基地，然後，會轉機將李少校送到某國去。而在李少校搭乘水上飛機飛走之後，另兩架水上飛機已放下了快艇，駛近遊艇。

木蘭花三人登上了一架水上飛機，飛回本市。

當他們回來的時候，天色已經黑了，飛機一降落，就看到方局長、高翔、安妮奔了過來，連雲四風也在。

他們一下飛機，幾個人擁成了一團，忽然之間，穆秀珍叫了起來，道：「哎呀，我透不過氣來了！」

她一叫，眾人才分了開來，嘻嘻哈哈地笑著，也不等高翔和安妮發問，穆秀珍便忙不迭將一切經過，全向他們講了出來。

方局長跟著他們，到了木蘭花的家中，略坐了一會就告辭離去。

穆秀珍正在高興頭上，話說個不停，但是忽然，她停止了說話，瞪著雲四風，道：「咦，你不是在歐洲開會的麼，怎麼回來了？」

雲四風道：「我接到了高翔的通知，立即趕回來的！」

穆秀珍嚷道：「快去，快去，誰叫你回來的，高翔，你也快到歐洲開會去，我要和蘭花姐、安妮好好地住上幾天！」

雲四風和高翔都笑了起來，道：「就算去，也得等到明天啊！」

穆秀珍道：「那麼一言為定，明天你們一定要走！」

高翔笑著道：「這算什麼，真正是反客為主了，趕我走麼？」

穆秀珍用唸京戲道白的語氣道：「對了！」

各人忍不住又笑了起來，當晚，他們直談到天亮，都認為木蘭花的估計是正確的，除此之外，那張大電網，根本不可能有其他的用途！

天亮，他們又一起驅車，硬是逼著高翔和雲四風上了飛機，然後，她們三人回到家中，蒙頭大睡，一直睡到了第二天的清晨！

五天後，報上的頭條新聞，是某國總統率領代表團，訪問××，遭到××的空軍高空偵察，發生了一場小小的空戰，擊落了兩架飛機。

這條新聞還不算轟動，轟動的是第二天，摩亨將軍的國家突然宣布，俘擄了某國的間諜潛艇，艇上人員全成了俘虜。

這才真正轟動了全世界，因為直到那時，世界各地才知道有這種間諜潛艇的存在。

從官方通訊社發佈的照片來看，佛德烈上校正垂頭喪氣，在武裝的監押之下，一臉苦笑。

木蘭花、穆秀珍和安妮一起看著報紙，穆秀珍苦笑道：「可憐的佛德烈上校，早知事情會鬧得那麼大，我當時也不出言激他送我們去了，現在，他不知道要捱多少苦日子了！」

木蘭花也難過地搖著頭，道：「可以說是我們害了他——但是在某一方面而言，他也成功了，正因為他送我們前去，所以才知道了摩亨將軍的陰謀，那訪問團和整個艦隊安然無事，這證明情報起了作用，他們潛艇上的人雖然被俘，但是救了好幾千人的性命！」

她們正說著，門鈴響了，安妮走出去開門，方局長陪著一個身形高大的中年人走了進來，方局長才介紹了一句：「這兩位，便是木蘭花和穆秀珍。」那人便用力握著她們的手，搖著。

方局長又道：「這位是某國領事。」

木蘭花笑著，道：「請坐！」

某國領事道：「我代表敝國的總統向你們兩位致謝，敵人的計劃，簡直是不可思議的，我們本來根本不相信李少校的話！」

木蘭花道：「後來呢？」

領事道：「後來，我們姑且加強空中的保護力量，敵方一個中隊的戰鬥機，掩護著八架巨型運輸機，果然帶著一張巨網，企圖飛臨艦隊的上空，我們的飛機立時展開攻擊，只擊落了一架運輸機，那張網就爆出了密集的火花，連帶那七架運輸機也遭了殃，那張巨網，在艦隊的五百碼之外跌進了海中，當時海中浮起來的死魚，估計有好幾十噸！」

領事講到這裡，略頓了一頓，才又道：「這計劃真是太瘋狂了，只有狂人才想得出來！」

木蘭花吸了一口氣，道：「然而，這計劃卻幾乎成功了，世界上有那麼多狂人，實在是一件可怕之極的事，是不是？」

某國領事也嘆息了幾聲，告別而去。

領事走了之後不久，雲五風來了，安妮將領事的話，講給雲五風聽，雲五風一面聽，一個冒著冷汗，道：「幸而有了提防，要不然，他們使用我提供的方法去殺人，我等於是凶手了！」

穆秀珍道：「好了，關你什麼事，你還不是為了安妮，沒有辦法。」雲五風向安妮望去，安妮立時偏過頭去，她的臉頰上，泛起了一片充滿喜悅的緋紅。

一切似乎都圓滿解決了，唯一的遺憾是佛德烈上校成了俘虜，可以想像，摩亨將軍在計劃失敗、李少校逃走等等打擊之下，一定會盡情折磨這批俘虜的。

國際間的交涉一直在進行著，最後要補充的是，佛德烈上校和他的屬下，在被扣留了很久之後，終於獲釋，但那已是半年之後的事情了！

古屋奇影

1 接受挑戰

天色陰霾，氣候寒冷。

在這樣的冬天，幾乎什麼全是瑟縮的，花園中的草枯黃了，椰樹只剩下了禿枝，金魚匿伏在池底，一動不動，向遠處望，連海水也似乎靜止的。

木蘭花隔著陽台的玻璃，向外眺望著，她不喜歡這樣陰霾的冬天，冬天本身有很多可愛之處，大雪紛飛，替大地添上銀妝，就是冬天的可愛之一，然而，那樣的陰冷，那樣的一片肅殺之氣，木蘭花不禁嘆了一聲。

她向外望了一會，轉過身去，她聽到車聲，開鐵門聲，腳步聲，但是，她卻並沒有轉過頭來，因為她知道，這時候，應該是安妮從學校回來的時候了。

果然，安妮上了樓，可能是由於寒風的吹襲，安妮的臉色十分紅，安妮一見木蘭花，叫了木蘭花一聲，放下一疊書本下來。

木蘭花應了一聲，她只是向安妮望了一眼，略點了一點頭，就問道：「有什麼事？」

木蘭花的那一問，使安妮驚訝地揚起了眉來，道：「蘭花姐，你怎知道我有事要對你說？」

看到安妮的神情如此驚訝，木蘭花不禁笑起了來，道：「那太容易了，你回來之後，叫了我一聲，只是望著我，一副想說話又不說的神氣，如果不是有著什麼特別的事，怎會那樣？」

安妮笑了一下道：「真是那樣，蘭花姐——」

她講到這裡，又停了一停，像是要說的話十分難以開口一樣。

木蘭花也不催她，只是帶著微笑望定了她，安妮揮了揮手，道：「蘭花姐，你一定猜不到我要對你說的是什麼事？」

木蘭花點頭道：「是的，我猜不著，但我卻已經可以預料到，你不論說什麼，一定是一件我不會同意你去做的事情！」

安妮著急起來，道：「啊，蘭花姐，你一定得同意我，我已經答應人家了！」

木蘭花仍然不向安妮追問是什麼事。

安妮站了起來，道：「其實很簡單，我跟人家打了一個賭，要證明我就是我，我也有膽量，並不一定要跟著兩位大名鼎鼎的女黑俠才能生活。」

木蘭花皺了皺眉，安妮漸漸大了，女孩子到了安妮現在這個年齡，總有許多稀奇古怪的想法，安妮自然也不會有例外的。

關於這一點，木蘭花倒一點也不覺得意外，她只是微笑著道：「誰會那樣以為，你自然是你自己，不必倚靠什麼人而生活的。」

安妮的神色有點尷尬，她急忙道：「或者我說錯了，蘭花姐，我的意思，不應該指生活而言，而是說，我自己應該有獨立的勇氣。」

木蘭花仍然皺著眉，說道：「事情是怎麼開始的？」

安妮來回走著，她雖然在竭力抑制著，可是卻顯而易見，她的神情十分激動，她道：「我們幾個同學在閒談著，其中的一個，忽然提到一間古屋，他說，那古屋中有鬼，許多不信那屋中有鬼的人，跟人家打賭，進去睡一晚，第三天，不是瘋了，就是死了！」

木蘭花的雙眉蹙得更緊，事實上，她不必安妮再講下去，就已經可以知道這是怎麼一回事了！

安妮續道：「接著，又有人說，如果是木蘭花和穆秀珍，她們兩人中的任何一個人，肯到那古屋中過一夜的話，一定沒有事，如果那屋中真有鬼的話，她們還能將鬼揪出來！」

安妮講到這裡，又停了一停。

木蘭花道：「然後——」

木蘭花只說了兩字，安妮便接上了口，道：「然後，所有的人忽然都不說話了，望定我，蘭花姐，你說，在那樣的情形下，我應該怎麼辦？」

木蘭花笑了一下，道：「你有兩個辦法，一個是你對他們說，你回來對我們說，看我們兩個之間，誰肯在那古屋中度過一晚；第二個辦法，就是你已經用了的那種！」

安妮望著木蘭花道：「是的，我用了第二種辦法，我告訴他們，不必木蘭花或者穆秀珍，我也可以獨自在那古屋中度過一晚！」

木蘭花沉聲道：「安妮，這實在是一種很無聊的打賭，誰都知道世上沒有鬼，只要有一點勇氣，就可以在那古屋睡上一晚，事實上，就算睡上一晚，也絕不能證明什麼事！」

安妮道：「蘭花姐，或者我們這年紀的人，想法多少有點不同，我已經答應了下來，就非去不可，我不要人家看不起我。我可以去麼？」

木蘭花微笑著，道：「當然可以！」

安妮高興地握住了木蘭花的手，道：「謝謝你，蘭花姐，還有一點很重要，那就是得由我一個人去，直到第二天早上，他們到古屋來到我，你不要在黑暗中保護我，得由我一個人！」

木蘭花點頭道：「自然，你答應人家的，就是你一個人去獨宿古屋，但我建議你帶一件武器去！」

安妮道：「蘭花姐，我現在就去收拾東西，趁天色還沒有黑，我可以詳細檢查一下，那古屋之中究竟有什麼古怪。」

木蘭花無可不可地道：「好的，天氣很冷，你可以將那個鵪絨被袋帶去！」

安妮高興地笑著，跳著，奔出了書房。

木蘭花望著安妮修長、瘦削的背影，緩緩地搖了搖頭。

少年人有很多古怪的想法，在成年人眼中看來，一件可能是毫無意義的事情，但是在少年人的心目中，可能就十分重要，重要得認為是人生途程中，極其重要的一環，木蘭花想到自己在少年時，也不免有同樣的傻事，她會心微笑起來。

安妮很起勁，奔進奔出，她帶了一個足可以抵禦零下十度嚴寒的鵪絨被袋，帶了一支長電筒，木蘭花替她準備了一壺熱咖啡和一大疊三明治，安妮又攜帶了一柄可以發射麻醉針的小手槍。

然後，在下午四時，她將準備好的東西，放在車上，駕車離去。

直到她離去之前，她才道：「蘭花姐，你為什麼不問問我，那古屋在什麼地方？」

木蘭花笑道：「為了證明你確然能獨自度過一個難關，也為了證明我絕不會來保護你，所以我不需要知道那古屋在什麼地方！」

安妮摟住了木蘭花，在木蘭花的頰邊親了一下，道：「蘭花姐，你真好！」接著，她上了車，疾馳而去。

木蘭花回到了屋中，雖然只是下午，但是由於天色陰得可怕，在屋中，已經有朦朧的暮色了。

木蘭花著亮了燈。不多久，高翔就回來了。

高翔搖著手，一面走進來，一面道：「好冷，蘭花，你沒有出去麼？」

他奔上了樓，木蘭花從書房走了出來，高翔握住了木蘭花的手，兩人互望著，甜蜜地笑著，高翔向書房望了一眼，道：「安妮還沒有回來？」

木蘭花道：「回來了，又出去了！」

高翔說道：「那麼冷的天氣，她到什麼地方去了！」

木蘭花笑道：「這樣的天氣就叫冷了？安妮為了證明她有勇氣，和同學打賭，到一間有鬼的古屋中去過一夜，早就走了。」

木蘭花是帶著說笑的心情說那幾句話的，在她的預料之中，高翔聽到了那幾句話，一定會哈哈大笑，然後就不再提起了！

木蘭花可以說料事如神，她預料的事，很少出差錯的。然而很少出差錯，不等於不出差錯，她的預料，也有錯誤的時候。

這一次，她的預料就錯了！

她的話才一說完，高翔便陡地一呆，然後，神情緊張地道：「有鬼的古屋？哪一間？」

木蘭花看到高翔的那種神情，她也不禁呆了一呆，反問道：「什麼意思？本市難道有很多間有鬼的古屋麼？為什麼你要那樣問？」

高翔搓著手，他的神情仍然很焦急，造：「希望不是西郊白鶴園的林家古屋。」

高翔在那樣說的時候，神情很嚴重，木蘭花笑道：「如果是那一間，又怎樣？」

高翔道：「那一間林家古屋，真有古怪！」

木蘭花笑道：「要不要我也和你打一個賭，獨自到那古屋去過一晚？」

高翔忙搖手道：「別開玩笑！」

木蘭花揚了揚眉，道：「那古屋究竟有什麼古怪，你倒說說。」

高翔又追問道：「安妮是不是到那裡去了？」

木蘭花道：「我不知道，她特別聲明，不要人去保護她，她要單獨行動，所以我也沒有問她！」

高翔皺著眉，道：「不行，我們趁天還未黑，得到白鶴圍的林家古屋去看看，如果安妮真是在那裡，得把她叫回來！」

木蘭花看到高翔說得那麼嚴重，她也不禁怔了一怔，道：「怎麼樣？」

高翔道：「那屋子十分古怪，警方接到過三次投訴，總共有四個人，也是接受了打賭，在那屋中過夜，兩次是單獨一個人，那兩個人，事後都被人發現，僵斃在那古屋之中。」

木蘭花凜了一凜，道：「死因是什麼？」

高翔道：「過度驚恐，引致心臟的微血管爆裂而死，嚇死的！」

木蘭花道：「第三次呢？」

高翔道：「第三次，是兩個人，他們是兩兄弟，也是接受了打賭，在那古屋中過夜，結果，弟弟因為同樣的原因死在古屋中，哥哥卻失了蹤，兩天之後，才被人發現他在公路上遊蕩，已經精神失常，成了瘋子，醫生說，那也是受了過度的驚恐所致！」

木蘭花陡地一怔，她立時想起了安妮的話來。安妮在敘述她將要前去的古屋時，曾說過：「許多不信那屋子有鬼的人，跟人家打賭，進去睡了一晚，第二天，不是死了，就是瘋了！」

本市可能有很多古屋，都被人傳說有鬼，但是，有人死了，有人瘋了，這樣的事，絕不是通常的事，發生過那樣憾事的鬼屋，自然只有一間，就是高翔所說的白鶴園林家大屋。

那麼，安妮毫無疑問是到林家大屋去了！

木蘭花呆住了不出聲，高翔更著急起來，忙道：「怎麼樣了，你想到了什麼？」

木蘭花緩緩地道：「我想到，安妮曾說過，她要去的古屋，曾經有人去過夜，不是死了，就是瘋了，看來，安妮正是到你所說的那間古屋去了！」

高翔直跳了起來，道：「那我們還等什麼，快去追她回來！」

木蘭花皺眉，搖頭道：「不，安妮跟人家打了賭，她將這件事看得十分嚴重，認為那足以證明她有獨立的勇氣，不必去阻擾她。」

高翔急道：「可是——」

木蘭花揮了揮手，道：「我知道，有人曾在這古屋中被嚇死，被嚇瘋，你可記得有一篇著名的小說《蠟像院之夜》？」

高翔沒好氣地道：「自然記得！」

木蘭花道：「在那篇小說中，也是一個人接受了打賭，在一個陳列著歷代最奸壞的人的蠟像院中過了一夜，他生出了種種幻想，終於死在蠟像院中，他是被他自己嚇死的，那幾個人也是一樣。」

高翔道：「你是說，安妮有足夠的勇氣，不會生出幻象來，是以她不會有事？」

木蘭花點頭道：「是的，這也正好是給她一個鍛鍊勇氣的機會。」

高翔卻大搖其頭，道：「我絕不同意你那樣說法，事實可能不那麼簡單。」

木蘭花奇道：「你那樣說，是什麼意思？」

高翔道：「在第一宗命案發生後，警方就曾對這古屋進行搜索，懷疑另有別情。」

木蘭花道：「你們一定什麼也沒有發現，對不對？」

高翔點頭道：「是的，可是我始終懷疑，那古屋被人利用來作為犯罪的基地，蘭花，你知道，極度的驚恐固然能令人死亡，但如果被注射了極度亢奮劑，也可以使人心臟微血管破裂而死亡的。」

木蘭花呆了一呆，道：「那樣說來，在那三個死者的屍體上，應該找到針孔了？」

「沒有，」高翔說：「可是那個瘋子，他現在在瘋人院中，接受特別照顧，我們一直希望在他的口中得到線索，希望知道當晚發生了什麼事。」

木蘭花忽然又笑了起來，道：「那也未免太可笑了，高翔，警方可以派人在那古屋中過一夜，那不是全然明白了麼？」

高翔道：「我們的人，曾在三次事件發生後，都留駐在那古屋之中，但是卻什麼事也沒有。」

木蘭花道：「留駐的一定不止一個人！」

高翔苦笑道：「蘭花，你太苛求了，在連續有那樣的事發生了三次之後，要求一個警務人員單獨留在古屋之中，這樣的命令，就算有警員肯接受，作為上級，也很難下達這個命令！」

木蘭花望著高翔，一聲不出，高翔立時明白了她的意思，道：「蘭花，我自然曾提出過，讓我一個人在那古屋中過一夜，可是方局長卻否定了我的提議。」

木蘭花「唔」地一聲，道：「那麼，那個嚇瘋了的人，可曾提供什麼線索？」

高翔道：「很難說，那個人自從被人在公路上發現，送到警方的手中，足足有兩個月了，他自始至終只說過兩句話，一句是『影子，影子！』，另一句是：『不要拉我，不要拉我！』」

木蘭花道：「這兩句話，不能證明什麼。」

高翔道：「是的，只能證明當晚他看到了一個影子，和有人拉他！」

木蘭花笑著道：「影子可能是他們自己的，拉他的人，多半是他的弟弟！」

高翔吸了一口氣，道：「蘭花，你決定不去理會安妮，由得她去？」

木蘭花道：「是的。」

高翔正色道：「蘭花，安妮可能在今晚遭到極度的危險！」

木蘭花呆了一呆，她平日是一個極有決斷力的人，可是如今，她也不禁猶豫了起來。

的確，高翔所說的話，絕不是虛言恫嚇，安妮今夜可能遭到極度的危險，她應該將她追回。

然而，如果他們到了那古屋之中，將安妮找回來了，安妮的心情會怎樣？

安妮一定從此對自己沒有了信心，也從此認定了在他人的心目之中，自己是一個沒有勇氣的人，這絕不是一件小事，那足以影響安妮的一生。

木蘭花呆了一會兒，將自己的想法說了出來。

高翔也呆了一呆，道：「那麼，我們可以採取折衷的辦法，我們也去，在暗中保護她！」

木蘭花道：「我早已想到過這一點了，那樣做，可能弄巧成拙！」

高翔卻變得固執起來，道：「不論你如何說，我們明知安妮有危險，絕不能坐視不理！」

木蘭花道：「問題就在這裡，我倒不以為那古屋中真有什麼古怪，不然，何以警方的搜索會一無發現？」

高翔嘆了一聲，道：「蘭花，我沒有法子說服你，我得打電話通知秀珍！」

木蘭花忙道：「千萬不要，秀珍一聽，一定大叫大嚷，奔進古屋去，安妮會恨你一生，好吧，你既然堅持要在暗中保護安妮，我和你去，只不過我們的行動要特別小心，唉，這實在是對安妮的一種欺騙！」

高翔嚴厲地道：「也是對她的愛護！」

木蘭花並沒有再和高翔爭下去，因為她既然已經改變了初衷，自然沒有什麼可以爭論的了，高翔如臨大敵一樣，帶了許多應用的東西。

等到他們兩人出門口的時候，天色已經開始黑下來了，天色黑得十分快，他們駛出了不到一哩，便需著亮車頭燈了。

也就在這時，他們聽到了警車的號聲，劃破黑暗寒冷的空氣，疾傳了過來，高翔忙將車駛向路邊，好讓有緊急任務的警車通過。

一輛警車迎面駛來，以極高的速度在他們的車邊掠過。

高翔一等警車駛過，立時踏下油門，準備繼續向前駛去。

而在那一剎間，他突然聽到了一下刺耳之極的緊急煞車聲，他連忙回頭看去，只見那輛警車，因為在高速行駛中突然停車，整輛車都在公路上打著轉。

高翔不禁皺了皺眉，這樣的情形，幸而現在公路上的車不多，不然的話，一定造成嚴重的交通失事！

而那輛警車，在打了幾個轉之後，又向前疾追了上來。

木蘭花忙道：「停車，是追我們的。」

高翔也看出那輛警車是來追自己的，他立時停了車，他的車才一停止，警車便已追了上來，在高翔的車邊停下。

一個警官自車上跳了下來，向高翔行了一個敬禮，高翔問道：「什麼事？可是我開快車？」

那警官道：「主任，方局長有命令，請你立即到總局去報到！」

高翔呆了一呆，那警官又道：「方局長曾和你直接聯絡，但是你不在家中，所以他才命令離你住宅最近的巡邏車，吩咐一定要找到你！」

高翔皺著眉，下了車，來到了警車上，拿起無線電，他才報了自己的代號，就聽到了方局長的聲音。

方局長的聲音很焦急，道：「高翔，你在哪裡？盡快趕來！」

高翔道：「局長，發生了什麼事？我也有極重要的事要做，當然，是私人的事。」

方局長道：「高翔，只好請你將私人的事，暫時擱一擱了，我這裡的事，十分的重要，非你來不可！」

高翔還是不想去，他又問道：「究竟是什麼事？」

方局長道：「在電話裡不便說，高翔，蘭花在麼，最好也請她一起來。」

高翔不禁苦笑了一下道：「好，我來，但是蘭花卻不能來了！」

他放下了電話，走回到了自己的車前，說道：「蘭花，方局長說有極重要的事，要召我回去了，你——」

木蘭花道：「不要緊，我一個人去好了，事實上，我一個人去只有更好，更不會被安妮發現我竟然會言而無信，一個人總容易隱蔽一些！」

高翔握了握木蘭花的手，登上了警車，警車立時疾駛而去。

木蘭花坐到了駕駛位上，這時，天色已經完全黑了，木蘭花駕著車向前駛，直到了轉通向西郊的公路，她還在想：自己這樣做，究竟對不對？

雖然，她有把握，自己的行動可以特別小心，令得安妮完全不知道，但是，無論如何，那總是對安妮的一種欺騙。

現在，就只好用高翔的話來解釋了，那也是對安妮的愛護，就算是欺騙，也可以說是善意的欺騙！

木蘭花一面想著，一面駕著車。

她簡直完全不知道接著而來的事是怎麼發生的，天色越來越黑，而且，還下著細雨，車頭燈照耀所及的範圍，一片迷濛，公路上一個人也沒有，一輛車也沒有。

木蘭花將車子的速度提高，在那樣的情形下，應該是絕不會有問題的。

可是，在突然之間，一個人卻從路邊的樹後轉了出來。

那人自樹後一出來，便急急橫過公路，就在木蘭花駕駛的車前。

木蘭花的反應，已經算得快的了，但是當時的車速高，那人又來得實在太突然，木蘭花陡地扭轉駕駛盤，車子的車身幾乎全都傾倒，車子向前衝出，還是碰到了那人，將那人碰得向路邊的草叢中直拋跌了進去。

接著，便聽得有人叫道：「撞死人啦！」

木蘭花的車子，在衝出了近二十碼之後才煞住，她立時將車子倒退了回來。

那時，路邊又有兩個人走了出來。

木蘭花的車子才一倒退回來，那兩人便聲勢洶洶，趕到了車子旁，厲聲喝道：「出來！」

木蘭花十分平靜，她道：「我當然會出來，不然，我也不會退回來了！」

她說著，打開車門，走了出來，那兩人摩拳拍臂，大聲呼喝著，木蘭花也不理會他們，只是道：「給我撞倒的那人呢？」

那兩個人大聲喝叫道：「你撞死了我們的父親了！」

木蘭花道：「我看得很清楚，我的車子左邊碰到了他，將他的身子彈了開去，在那樣的情形下，他是不會死的，快讓我送他到醫院去！」

木蘭花一面說，一面已向路邊的草叢走去，這時，她也聽到，草叢中發出了一陣呻吟聲來。

而那時候，木蘭花也已有足夠的時間使她鎮定下來，想一想事情是怎麼發生的了。

她絕沒有在駕駛上犯什麼錯誤，這是一條不限時速的快速公路，而那人，像是特地在等著她的車子到來，才衝出來給她碰撞一樣。

可是，隨即出現的那兩個年輕人，又聲勢洶洶，似乎對於傷者——他們的父親——反倒並不關心，這一切，全是十分可疑的事。

在這時候，木蘭花自然還不可能知道，究竟是怎麼一回事。

然而她卻可以肯定一點，那就是：等她料理這一切之後，再趕到白鶴園林家古屋時，一定也已快接近午夜時分了。

2 午夜探險

木蘭花來到了草叢中，她發現有人在掙扎，她連忙將那人扶了起來，那人是一個老者，他看來並沒有受什麼重傷，只是口角流著血。

木蘭花扶著他站了起來，那兩個年輕人又趕了過來。

那兩個年輕人中的一個，大聲道：「你撞倒了人，想就這樣算了麼？」

木蘭花道：「誰想就這樣算了，先送他到醫院去，然後一起到警局去報案。」

那兩個年輕人互望了一眼，一個狠狠地道：「你亂駕車，一定會受到重罰！」

木蘭花聽出對方話中的那種充滿了恐嚇的意味，她冷冷地道：「我不認為我在駕駛上有什麼錯誤，他是突如其來！」

那兩個人一起叫了起來，道：「胡說，是你撞他！」

木蘭花道：「我不必和你們爭辯，現在，將傷者送到醫院去要緊！」

那兩個年輕人又互望了一眼，語氣忽然軟了下來，道：「這樣吧，看來他傷得不重，不必到醫院去了，你賠醫藥費，我們自己去調理！」

木蘭花沉聲道：「不行，一定要到醫院去，先到醫院，再到警局！」

那兩個人道：「你撞倒了人，賠一點錢也不肯，這是什麼道理？」

木蘭花已經看出蹊蹺來了，她也看到，那老者在不斷向這那兩個人使眼色，看來根本不像是受了傷，這其中，自然大有古怪。

木蘭花怒道：「要講道理，就得照我的辦法做，不能私下了結！」

那兩個年輕人口出粗言，罵了起來，木蘭花厲聲道：「去不去？」

那兩個年輕人突然轉身，那個受傷的老者，身手也矯捷得出奇，三個人一起奔向木蘭花的汽車，進了車廂，車門還沒有關好，車已然疾駛而去了！

木蘭花實是料不到會有這樣的事發生，她立時向前追去，縱身躍向前。

木蘭花立時撲向車子，可是那三個人的行動十分快疾，車子已經向前駛出，木蘭花撲上了車尾的行李箱，她還來不及抓住任何東西，車子向前一衝，她打了一個滾，就從車上跌了下來。

木蘭花在公路上打了兩個滾，躍起身來，那三個人已駕著她的車子駛遠了！

木蘭花在公路上呆立了極短的時間，整件事的經過，不到一分鐘，可是這件事，卻實在太奇詭了，那分明是一件故意安排的事！

為什麼這件事，恰好會在她要到那林家古屋去的途中發生呢？

是不是和安妮到了林家古屋，有著什麼聯繫？

而更使木蘭花不明白的是，她分明撞到了那個老者，何以那老者一點也沒有受傷？

木蘭花呆立了片刻，轉身走進了路邊的草叢之中，她才以腳撥了撥草叢，就看到了另外有一個人，躺在草叢之中。

當木蘭花乍一看到另外有人躺著的時候，她不禁嚇了一大跳。

但是隨即，她就什麼都明白了！

那個躺在草叢中的，並不是真人，只是一個橡皮氣人，木蘭花將那橡皮人提了起來，發覺那橡皮人的胸前，背後，有著一股線。

事情實在是再容易也沒有了，那三個人伏在公路邊，在夜晚，車子稀少的時候，他們就玩這個把戲，將橡皮人突如其來地牽出來，等駕車的人撞上橡皮人，他們再將橡皮人拉回草叢，裝出是人被撞倒之後，彈回草叢中的樣子來。

然後，那老者就假扮受了傷，由那兩個年輕人來擔任訛詐的角色。

他們今晚遇上了木蘭花，堅持要到警局去報案，自然使他們訛詐不能得手，所以他們搶了車子便走，可以說是倒了楣。

然而這三個以訛詐為生的小毛賊，卻也給了木蘭花以極大的困擾！

這時，公路上一輛車子也沒有，木蘭花只好步行了！

天色漆黑，細雨霏霏，在那樣的情形下，要步行將近十哩，實在不是一件愉快的事，等到她步行到白鶴園的時候，可能天色已亮了。

所以，木蘭花在考慮了片刻之後，決定一面向前走著，一面設法找電話打，或者是攔截經過的車子。

木蘭花向前走著，雨似乎越來越密了，那一段公路，是偏僻的郊區公路，連路燈也沒有，在黑暗中，只有緊密的雨點，閃著神秘的微光。

木蘭花走出不多遠，雨珠便在她的頭髮上凝結，順著髮腳，一顆顆地往下滾跌，她的身上，也開始被雨水浸濕了，可是，卻連一輛經過的車子也沒有。

在那樣的情形下，木蘭花沒有別的辦法可想，她只好繼續向前走著，希望能夠盡快地趕到白鶴園的林家古屋。

本來，她一直認為在那古屋中，會有什麼凶險，是一件無稽的事。

可是這時，在細雨中，在漆黑的環境中，在刺骨的寒風裡，她感到安妮一個人在一間陰森而古老的大屋中，她也不禁自心底下生出一股寒意！

高翔乘坐的那輛警車，在高翔上了車之後，一直響著警號，向前疾駛，穿過了市區，闖過了很多紅燈，直來到了警局的大門口。

一到了警局的門口，高翔已經肯定，一定是有極重大的事發生了。因為在警局門口的廣場上，已列著十幾輛警車，而已有七八輛警車響起警號，在疾駛出去，高翔忙下了車，奔進去。

他才一進警局的大門，便有幾個高級警官迎了上來，那幾個警官的神色，都十分緊張，而他們一看到了高翔，都不由自主地鬆了一口氣，齊聲道：「好了，高主任到了，方局長正等著啦！」

那幾個高級警官擁著高翔，一起來到了方局長的辦公室中，方局長和許多警官全在。

高翔一進去，方局長便自一張巨大的辦公桌前，抬起頭來，道：「高翔，你快過來，出了大事！」

在那張巨大的桌上，是本市街道的模型，這時，在許多主要的街道上，都有紅燈閃閃亮著。在另一邊的控制台旁，幾個警官正在忙碌地負責通訊工作。

高翔來到了桌前，他直到這時為止，還不知道發生了什麼事。然而，當他來到了桌前，向桌上，本市的街道模型看了一眼之後，他多少已有點明白了！

那整座模型，造得十分精巧，其中主要的宏偉建築物，全是立體的，這時一幢著名的銀行大廈，正在不斷地閃著紅燈，那是一種警號，表示銀行出了事。

然而高翔卻也有點不能相信自己的判斷，那間銀行的保險庫之安全，已達到了世界第一流的水準，實在是沒有什麼人可以打它主意的！

高翔只低頭望了一眼，立時道：「難道是銀行出了什麼差錯？」

方局長道：「半小時前，銀行的警鐘大鳴，警方立時派人出去，證明有人進入了銀行的保險庫，在地下保險庫中，有煙冒出來，保險庫門是完好的，證明進入保險庫的人另有通道前往，接著，電力公司和煤氣公司都發出了警號，地底的煤氣系統和電纜全遭到了破壞，可能是有人在地下掘洞，再進行爆炸，而進入保險庫的。」

高翔不禁駭然道：「這簡直是瘋狂的搶劫計劃！」

一個高級警官道：「但也是值得的，保險庫中，有數以億計的鈔票！」

方局長道：「我已經下令，封鎖了銀行大廈附近的一切交通要道，銀行的負責人也已趕到了現場，只不過爆炸口在什麼地方，還未曾找到——」

方局長才講到這裡，通訊控制台前的一個警官轉過身來，大聲道：「局長，現場報告，和銀行大廈隔一條街的一幢大廈的地下室，突然有濃煙冒出，消防局煙霧人員衝了進去，發現了一個巨大的洞口。」

方局長忙道：「下令封鎖這個洞口！」

高翔忙道：「我們走！」

他轉身就出了方局長的辦公室，好幾個高級警官跟在他的身後，方局長也跟了出來，高翔來的時候，在警局門口列隊的十幾輛警車已經駛走了，又有十幾輛警車停在門口。

高翔等人一出了門口，立時上了警車，十幾輛車一起向前駛去，駛到了現場附近，可以看到所有的交通要道都已架起鐵馬，探射燈將馬路照耀得明如白晝，在探射燈的照射下，雨絲閃著閃亮的光芒。

方局長等人直到了銀行的大堂前，才停了下來，他們一下車，許多人圍了上來，銀行前的一幅空地，已成了臨時的指揮場所。

圍上來的人，除了負責現場工作的警官之外，還有銀行的負責人，電力公司的負責人，煤氣公司的負責人，和消防局長。

場面十分混亂，銀行的大門已打開，銀行的大堂中，也滿是濃煙，幾乎每一個人都爭著講話，完全聽不清楚每一個人在講些什麼。

高翔大聲道：「大家靜一靜，首先，我們想知道電力系統和煤氣系統遭受破壞的程度，是不是對市民的安全有威脅。」

電力公司的負責人道：「我們已截斷了這一地區的電力供應。」

煤氣公司的一個負責人，滿頭大汗道：「我們已關閉了一個煤氣鼓，但是已有不少煤氣外洩，幸而今晚風勁，還不至造成危險。」

高翔點著頭，道：「請兩位繼續命令貴公司的人員檢查，如果安全一有問題，便立即採取緊急性措施。」

煤氣公司和電力公司的負責人答應著，追了開去，高翔又轉向幾個急得團團亂轉的銀行負責人，道：「保險庫中的情形怎樣？」

一個負責人道：「還不知道。」

高翔皺著眉，道：「不知道？什麼意思，為什麼不進入保險庫？」

另一個銀行家苦笑著，道：「保險庫的大門，配裝有最新型的電子時間控制，在未到明晨八時五十五分之前，無法打得開。」

高翔回頭望了一眼，道：「那麼，大堂的濃煙是從何處冒出來的？」

消防局的一位官員忙應道：「是和保險庫連結的通風系統中冒出來的，據估計保險庫已經失火了！」

幾個銀行負責人一齊頓著腳，一個道：「糟糕，真糟糕透了，這幾天，正是市面上銀根最緊的時候，正需要大量的現鈔流通，如果保險庫中的現鈔全被焚毀，唉，那真不堪設想了！」

高翔和方局長兩人，互望了一眼，他們自然知道這件事的嚴重性。

銀行方面受了損失，市民會緊張起來，一起湧向銀行提取款項，而這樣的行動，極可能造成大銀行的周轉不靈，那麼，就危及整個經濟，會造成全市極大的混亂！

高翔吸了一口氣，道：「消防隊不是已在另一幢大廈的地下室中，發現了一個大洞口麼？」

消防局的高級官員道：「是的，但是煙霧隊員也無法進入，濃煙太甚，什麼也看不見。」

一個高級警官補充道：「我們估計，匪徒的人數不少，而且他們可能還在銀行的保險庫中，所以只是守住了出口，未曾派人衝進去。」

方局長點頭道：「這估計是正確的，因為警鐘一響，就封鎖了各交通要道，匪徒根本沒有機會離開。」

高翔吸了一口氣，道：「那就好辦了，召集二十名志願人員，準備煙霧隊員的配備，我帶領志願人員，從那個洞中衝進去！」

高翔的話才一出口，在高翔身邊的幾個高級警官，和消防人員立時齊聲道：「我去！」

高翔道：「我們先到那幢大廈前去看看！」

高翔轉身走了開去，這時，在封鎖線外，記者雲集，一看到了高翔，各記者都大聲叫了起來。

高翔來到了記者群之前，高舉雙手，道：「到目前為止，我們只知道銀行的保險庫中，有大量濃煙冒出，至於究竟發生了什麼事，無可奉告！」

百餘名記者爭先恐後地發問，但是高翔話一說完，就轉過身，向前走了出去。

當他來到那幢大廈前面的時候，二十名由警方人員和消防人員組成的志願隊，已在列隊相候了，進入濃煙地區必須的配備也已運到。

那幢大廈，和銀行大廈只隔了一條街，大廈的門洞開著，大廈的最底層，是幾條走廊，走廊的兩旁，全是各種各樣的商店。

而這時，在整個大廈底層的走廊上，也滿是濃煙，幾架巨大的鼓風機，正將強風輸進去，發出「呼呼」的聲響，想將濃煙吹散，可是，效果並不很大。

在整幢大廈的每一個出口之處，全是真槍實彈的警員，嚴密地防守著。

高翔略看了一看，來到了志願人員的面前，下令每一個人，都穿上防彈背心，戴上防毒面具，同時，穿上了能在黑暗中發光的背心，以資識別，他自己也穿戴上了全副配備，領著那二十個志願人員，進入了大廈。

他們沿著一道樓梯向下走，樓梯的盡頭，是一道鐵門，鐵門已被弄開，濃煙就從鐵門中不斷地向外冒出來。

他們這一隊人，全都配備有防毒面具，和氧氣呼吸筒，濃煙自然對他們不再發生影響，但是，他們進入濃黑的煙霧之中，視線卻打了個折扣。

雖然他們每一個人都提著強烈的黃色霧燈，可是在燈光的照耀下，眼前也只能看到滾滾的濃煙，視線不足五呎！

高翔通過面罩內的無線電對講機，不斷地囑咐各人小心前進，他並且命令，各人將提燈的燈光集中，這樣，總算勉強看清了地下室中的一些情形。

那大廈的地下室和別的巨型建築物的地下室，並沒有什麼地方不同，全是空氣調節系統的機械，和各種的電纜，大型的變壓器，彎曲的小管，幾乎連可供人行走的道路也沒有。

兩個消防隊員曾進入過地下室，並且發現牆上有一個大洞的，在前帶著路，高翔等一行人就跟在他們的後面。

不多久，在燈光的照射下，他們就發現了牆上的那個大洞。

地下室的牆，全是大塊大塊的麻石砌成的，要在那樣堅固的石牆上，弄出一個那樣的大洞，實在不是一件簡單的事，幾乎是無人相信會有這樣的事。

然而如今，一個六呎見方的大洞，卻是確然呈現在眼前，大量的濃煙，也正自那個洞中滾滾而出。

高翔的耳際，在這時也響起了方局長焦急的聲音，道：「高翔，你看到了什麼？」

高翔回答道：「看到了一個大洞，在地下室中，我們沒有發現任何人，局長，應該向軍事當局查問一下，我看，就算是上千枚的煙幕彈，也未必會造成那樣源源不絕的濃煙的！」

方局長苦笑著，道：「高翔，還有一點想不通的，是何以進入銀行保險庫的人，要製造大量的濃煙？」

高翔道：「我想那是他們便利逃走的一種方法，要注意，從地下室中出來的人，如果沒有穿著發光背心的，一律加以扣留。」

方局長答應了一聲，高翔才道：「現在我帶領志願隊員進入了，我們預料會在街下面通過。到達銀行的保險庫的外牆！」

方局長道：「高翔，小心——」

他講到這裡，頓了一頓，又道：「高翔，等一等，銀行的負責人剛才說，保險庫的外牆，有著半呎厚的鋼骨水泥，和一吋厚的鋼板作保護，要洞穿銀行保險庫的外牆，實在沒有可能！」

高翔苦笑了一下，道：「在我看到了這地下室的石牆上的大洞之後，我覺得任何事都有可能發生。這地下室中，一定有許多人工作了許多時候，我提議立時拘捕大廈的管理人，有人在大廈地下室中工作，他一定知情的。」

方局長答應著，高翔一手提著燈，一手提著槍，已向前走了進去。

他們一路出了大廈地下室石牆上的那個大洞，便已經來到馬路的下面了。大城市的馬路之下，比馬路之上還擁擠，全是各種各樣的管道，電線，在開始的幾呎，那些地下的電線，全被一個個的鋼叉，釘在一邊，現出一條極窄的，勉強可以供人通過的通道來。

而在幾呎之後，則是一條直徑約有兩呎的圓形水泥管，那條水泥管，可能是下水道之下，因為水泥管中十分污穢，半積著泥漿，而這條水泥管，恰好橫亙馬路，自然是被利用來作為通道了。

高翔一馬當先，提著燈，鑽進了水泥管，進了水泥管之後，他只能俯伏前進，其餘的人，一個接一個，俯伏著跟在他的後面。

那水泥管中，更是濃煙瀰漫，在那樣的情形下，高翔和他帶領的二十名志願隊員，可以說是處在極度危險的境地之中，他們的生命，幾乎是毫無保障的，在水泥管的另一端，如果有人突然開槍向他們射擊的話，他們簡直連還手的餘地都沒有！

高翔自然明白這一點，是以他不理會管中那些污穢的泥漿，只是竭力迅速地向前移動著身子。

事實上，他早已知道那是一件極其危險的任務，所以他並不是命令人和他一齊執行任務，而是召集志願人員，表示參加這件任務，隨時可能有生命危險。

那條水泥管十分長，高翔每一次移動，至少可以前進一呎多，可是水泥管像是沒有盡頭一樣，在燈光的照耀下，只見滾滾濃煙，撲面而來，高翔的耳際，又響起了方局長緊張的聲音，道：「現在怎樣了？」

高翔道：「我們在一條下水道中，向前爬行，通出了那條下水道，就可以知道銀行保險庫被損壞的情形了，現在，我已來到了另一端的出口了！」

高翔看到了水泥管的出口，他扣動槍機，震耳欲聲的槍聲，持續不斷地響著，足足響了半分鐘之久，高翔才縮著身子，自水泥管之中鑽了出去。

當他鑽出了水泥管之後，看到前面又是一條十分狹窄的坑道，那坑道只有幾呎長，在坑道的一端，是一個大洞，燈光的照射下，可以看到洞口被破壞的，捲曲的厚厚的鋼板。

高翔吸了一口氣，道：「方局長，我們已看到了銀行保險庫的外牆。」

方局長緊張地問：「怎麼樣？」

高翔道：「銀行負責人的估計錯誤了，他們認為牢不可破的外牆，有著一個大洞！」

這時候，其餘的志願隊人員，也紛紛自水泥管爬了出來，擠在那窄狹的坑道之中，高翔將燈向破洞之中照去，破洞之內，就是大銀行的保險庫，保險庫中的濃煙，反倒不是十分濃。

高翔立即發現，有一個方形的裝置，在那裝置中，有兩個圓形的管，自那圓形的管中，大量的濃煙，正在滾滾地冒出。

高翔側著身，自那破洞之中鑽了進去，其餘的志願人員，全跟了進來，他們隨即發現，同樣的濃煙裝置，一共五個之多。

高翔和志願人員在保險庫中散了開來，保險庫大得驚人，分成許多部分，每一部分都有鐵柵保護著，在燈光的照射下，可以看到每一個鐵柵都完好無損，大量的現鈔，全部整整齊齊地疊著。

高翔不禁感到迷惑了，看來，銀行的保險庫內並沒有損失。

而要從銀行大廈鄰近的大廈地下室，弄通一條地道，通到銀行的保險庫來，那可以說是一項極其艱鉅的工程，就算有十名以上第一流的專家，有著第一流的工具配備，至少也得工作一個月以上！

而在他們能夠成功地進入銀行的保險庫之後，卻只是放置了幾具能發出濃煙的裝置，而對於堆積如山的鈔票，卻一動也不動，那是為了什麼？

在這時候，高翔唯一能獲得的解釋，便是這一批歹徒，一進入銀行的保險庫，就觸發了報警系統，是以他們根本沒有機會下手，便倉皇退出。

然而，這一個解釋，連高翔自己，也感到不滿意。

如果沒有那五座發煙裝置，這樣的解釋，自然可以滿意了，但現在，那批歹徒要裝置這五座發煙器，也得花費不少的時間，他們為什麼不利用這些時間，來動手掠奪鈔票呢？

在他們而言，進入了銀行保險庫之後，要取走鐵柵內的鈔票，簡直是容易之極的事情，試想想，他們能打通整條街道，能弄破如此堅厚的保險庫外牆，難道反倒不能對付那些鐵柵？

可是，他們卻沒有動那些鈔票，他們只放置了發煙器，難道他們如此大的工程，目的只是在大銀行的保險庫中，放幾具發煙器，來和警方開一個玩笑？

高翔迅速地轉著念，在迷惑之中，他實在無法獲得任何答案。

他一面命令進入銀行保險庫來的志願人員散開，一面向方局長報告保險庫中的情形，道：「我們已順利地進入了保險庫，看來，銀行方面，沒有任何損失，有人在保險庫中，放了五具發煙裝置，我們已在展開搜索，但沒有發現任何人。」

方局長的聲音之中，也充滿了驚訝，道：「這怎麼可能？匪徒的目的是什麼？」

高翔道：「我也不明白，請加強鼓風設備，我們已在破壞發煙裝置。」

幾個志願人員，已將發煙裝置扳了開來，並且噴射隨身攜帶的強烈滅火劑，濃煙已不再冒出，方局長和高翔仍在通著話。

高翔道：「保險庫中沒有人，這一點已可以肯定了。」

方局長道：「他們不應該有機會離開的。」

高翔道：「出入口既然是在那幢大廈的地下室，他們就有機會離開，他們在警方人員趕到之後，可以退進大廈之中，那是二十多層高的大廈，要匿藏十來個人，實在是太容易了，而我們只是封鎖了街道！」

方局長道：「你意思是，他們仍然在這幢大廈之中躲著？」

高翔道：「那就很難說了，他們可以利用大廈的天臺逃走，但是仍不妨進行搜索，我想，主要街道的封鎖，可以撤除了，只封鎖那幢大廈，我和志願人員會輪流守護著保險庫，直到明晨，保險庫的大門可以打開為止！」

方局長道：「好，我已通知人去尋找那大廈的管理人員了。」

高翔在肯定了銀行保險庫中沒有歹徒之後，先領著一半志願人員，循原路退了出去，那時，強力的抽氣機已開始發生作用，將濃煙抽散了許多，他們出了大廈的地下室，立時由另一批人，帶著新的氣筒進入地下室，到銀行的保險庫去，接替那一半人出來。

當高翔來到了外面的時候，細雨仍在繼續著，天似乎越來越冷，高翔除下了面罩，吸進了一口新鮮空氣。

銀行的負責人聽說保險庫中沒有損失，都在額手稱慶，有兩個負責人，跟隨另一批人，進入了保險庫去了，方局長緊握著高翔的手，猛搖著。

高翔道：「局長，我想不通，這些人是為了什麼？」

方局長道：「蘭花呢？她為什麼不來？」

高翔道：「她另外有一點事，封鎖可以暫時撤除了！」

方局長道：「我已經下了命令。」

高翔抬頭看去，已看到各主要的街道上，鐵馬紛紛被拆除，主要的戒備，集中在那幢大廈的幾個出入口，大廈的各個窗口，正傳來閃閃的燈光，可知大批警員，正在大廈的每一個房間中搜索。

整整一夜，警方人員的工作沒有停止，直到第二天的早晨。

3 古屋魅影

第二天一早，市民便知道發生了意外，但是警方的公佈，只說是銀行大廈和鄰近大廈的發電系統有了障礙，發生了小火，銀行方面，並沒有受到任何損失。

那幢大廈的地下室，受到嚴密的封鎖，除了警方的高級人員外，誰也不准進出。

高翔在那一夜之中，又進入了銀行保險庫兩次之多，曾和銀行的負責人詳細地檢查保險庫中的一切，證明沒有任何損失。

越是沒有任何損失，就越是增加事情的神秘性，使高翔的心中更是疑惑。

天亮之後，高翔曾一連打了好幾個電話到家中，可是一直沒有人接聽，木蘭花和安妮還沒有回來。

八時五十分，銀行的負責人打開了保險庫的大門，九時，銀行照常營業。

大批換班的警員，守著被弄開的銀行保險庫的外牆，高翔和方局長以及緊張了一夜的警官，警員，全部倦疲不堪了，在接班人員到達之後，他們也準備撤退。

那幢大廈在經過了徹夜的搜索之後，仍然一無所獲，而由市長分發了特別的封鎖令，封鎖一天，不准任何人進出。

高翔在登上回家的警車之前，又和家中通了一個電話，可是電話鈴響了好久，仍然無人接聽。

高翔不禁嘆了一口氣，所有的事情，似乎都逼在一起來的。

安妮遲不和人打賭，早不和人打賭，偏偏她要到那古屋去，市內就發生了這樣的大事！

為什麼天早已亮了，安妮和木蘭花還沒有回來？

在那一夜之中，高翔自己實在是太緊張了，他根本沒有時間去想及木蘭花和安妮，在林家古屋之中，會遇到什麼意外。

而直到這時，他仍然未曾想及這一點，比起銀行保險庫中所發生的那種事來，似乎林家古屋中真的有鬼，也是微不足道了！

高翔上了警車之後，警車疾駛著，將他送到了家中！

高翔回到家中，已經將近十點鐘了。天仍然很冷，但天色總算已經放晴，一樣的寒冷，晴朗的寒冷，比較起來，總比陰霾的寒冷要好得多了。

高翔在門口下了車，推開了鐵門。送他回來的警車離去，高翔希望木蘭花已經回家了，是以他一走進花園，便大聲叫道：「蘭花，安妮！」

可是他的呼叫，卻得不到回答，屋中一個人也沒有，木蘭花和安妮仍然沒有回來。

高翔皺了皺眉，他走進客廳，才一踏進客廳，電話鈴就響了起來。在這時候，高翔最需要的，實在是一個熱水浴，但是電話鈴既然響了起來，他卻不能不聽。

他拿起了電話，就聽到穆秀珍在大叫道：「謝天謝地，總算有人聽了，這已是我第九百八十次打電話來了！」

高翔不禁有點啼笑皆非，道：「對不起，我們全部不在家。」

穆秀珍仍然在叫著，道：「好傢伙，大銀行發生了什麼事故？我看報紙上的消息，是警方故意發佈的假消息，對不對？」

高翔道：「秀珍，這件事我們還要詳細地研究，而且我還要徵求四風和五風的意見。」

穆秀珍叫道：「什麼事，快說給我聽！」

高翔道：「秀珍，我忙了一夜，這一夜的勞累，真不是言語所能形容，現在我也不敢希望可以睡一覺，我只求能洗一個澡，你先約了四風、五風，到我這裡來，我要和他們一起到現場去看看，向他們徵求一些技術上的意見，好麼？」

穆秀珍卻還顯得老大不高興，道：「好！好！蘭花姐呢？安妮呢？叫她們來聽電話。」

高翔道：「她們不在！」

穆秀珍卻不肯就此罷休，追問道：「她們到什麼地方去了？」

高翔真想告訴她，安妮和木蘭花都到白鶴園林家古屋去了，可是，他一轉念間，卻並沒有說出來。

如果只是安妮一個人去了，那麼高翔一定會告訴穆秀珍的，可是木蘭花卻去暗中保護安妮了，而這件事，又不能讓安妮知道。

而不論什麼事，如果讓穆秀珍知道了，那等於是全世界都知道了，穆秀珍爽直的性格，使她根本不知道什麼叫作保守秘密！

所以高翔順口道：「我也不知道，我昨天晚上，根本沒有回過家！」

穆秀珍卻也不是那麼易於受騙的人，她在電話中「哼」地一聲，道：「高翔，你要是知道而不說，小心我打穿你的頭！」

高翔笑了起來，道：「照我的話，快找他們兩人吧，別胡扯了！」

穆秀珍也笑著，道：「好，饒你一遭。」

穆秀珍放下了電話，高翔看了看鐘，已是十時零五分了，木蘭花和安妮還沒有回來。

高翔略想了一想，又撥了一個電話到警局，吩咐警局派人到白鶴園的林家大屋去查看一下，有了結果，立時向他報告。

然後，高翔進了浴室，舒舒服服地享受了一次熱水浴，那真足以使他恢復疲勞。他自然沒有時間睡覺，因為大銀行發生的事，有不知多少工作要等他去做！

他從浴室中出來的時候，已經聽到了穆秀珍的聲音，他先披上浴袍，大聲道：「我就來了！蘭花回來了沒有？」

穆秀珍大聲道：「還沒有！」

高翔又皺了皺眉，他換好了衣服，下了樓，雲四風和雲五風也全都在了，兩人一見了高翔，就問道：「大銀行發生了什麼事？」

高翔道：「這件事真是神秘極了，有人從大銀行鄰街的大廈地下室，掘了一條通道，還弄破了大銀行保險庫的外牆！」

雲四風呆了一呆，忙說道：「這幾乎是不可能的！」

高翔道：「是啊，所以我才想帶你們到現場去看看，是什麼樣的專家，用什麼的工具，才能達到這一目的！這對破案有很大的幫助！」

穆秀珍叫道：「快走！」

高翔又看了看鐘，十點半了，木蘭花和安妮還沒有回來！

而他又不能在家中等候木蘭花和安妮，他也不能抽空到白鶴園去走一遭，是以他只是將這件事壓在心中，和穆秀珍、雲氏兄弟一起出了門，到大銀行去觀察現場的情形，聽取雲氏兄弟的意見。

木蘭花和安妮，為什麼到這時候，還沒有回來呢？

這個問題，得分開兩方面來說。

先說安妮，安妮是在黃昏時分離家的。

安妮原來的計劃是，趁天色未黑，可以先檢查一下林家古屋的情形，但是，她卻沒有預計到，在陰霾的冬天，黑暗來得如此之快！

當她的車子駛向西郊的那條靜僻的公路時，天色已漸漸黑了下來，安妮將車子駛得十分快，她直望向前，她以前並沒有到過她要去的那幢古屋，是以她需要小心地辨認道路。

這時候，她心中一點也沒有恐懼的感覺，反倒對自己有勇氣接受那樣的挑戰，而感到自傲。

等到天色漸漸變得更黑的時候，天色更陰，而且，細雨也已飄下，那時，安妮的車子已經轉進了一條小路，她也看到了在大半哩之外的那一片林子。

她知道，穿過了那片林子，就是白鶴圍，而林家古屋，也就不遠了。

她逐漸踏下油門，車子就像箭一樣地向前射去，樹林迅速移近，車子在穿過了林子之後，又駛過了一座橋，她已經可以看到那幢古屋了。

在極濃的暮色中看來，那幢屋子真是充滿了陰森和神秘的感覺。

或許是由於天氣的寒冷，也或許是由於這幢古老大屋，在黑暗中看來，格外顯得神秘可怖，是以，當安妮停下車，打開車門，跨出車子的時候，她不由自主接連打了兩個寒顫。

她這時候，站在離古屋約有二十碼處，有一條小路可以通向古屋的大門。

那古屋的外牆，有兩扇很大的鐵門，其中的一扇，已歪倒在一邊，鐵門內是一個很大的花園，然而所謂花園，這時，只不過是一片雜草叢生的荒地，花園中的樹，全被攀籐的植物罩住，以致在黑暗之中看來，像是一個聳立在黑暗中的怪物。

而那幢古屋的本身，看來更像是一頭碩大無比的怪獸蹲在黑暗之中，古屋的大門，彷彿就是那怪獸的口，任何人一走進去，就再難出來，就要消失……

安妮呆立了大約半分鐘，又打了一個寒顫，眼前的情形，的確十分陰森可怖，而這僅僅是開始，她甚至還未曾踏進那古屋半步，而她所要做的，卻是在那古屋之中，度過漫長的一夜！

如果她現在就開始害怕起來，那麼她是絕不可能度過這一夜的了！

安妮想到這裡，連她自己也覺得好笑了起來。

這時，雨絲漸漸密了，安妮在車中取出了她帶來的東西負在肩上，一手拿著電筒，臉上帶著無畏的笑容，向古屋走去。

當她向古屋走去之際，她已經在想，當明天早上，她的同學，發現她安然無恙地自古屋中走出來時，一定會對她既欽佩又羡慕，承認她是一個勇敢的人了！

安妮來到了鐵門前，那兩扇鐵門，一扇已經塌下，另一扇卻銹得推不開，安妮只好跨過倒塌的鐵門，走進了花園。

花園中的野草，長得足有她腰際那麼高，勁風吹襲著，枯草發出一陣陣瑟瑟的聲響來，真有點叫人不寒而慄，安妮沿著一條石板鋪成的路，來到了古屋的大廳前。

這幢房子，可能已有五六十年的歷史，它的建築方式，是半新不舊的，在幾級石階之上，是十多扇顏色七彩的亮窗，已是東倒西歪。

安妮走了進去，這時，在外面，雖說天色已經黑了下來，但是在朦朧中，總還多少可以看到一些景物。

可是，當安妮一踏進了大廳時，眼前卻頓時黑了下來，那種突然其來的黑暗，令得安呢嚇了一大跳，她立時停了一停，先放下肩頭上的大包袱，而且，立時著亮了手電筒。

手電筒發出的光芒，使得安妮安心了一些，她看到，那是一間十分寬敞的大廳，大廳中還有不少已經殘舊不堪的傢俱。

四周圍靜得出奇，安妮幾乎可以聽到她自己的心跳聲，雖然她不住地在對自己說：別害怕、別害怕，根本沒有什麼可以害怕的，這裡，只不過是一幢沒有人居住的舊房子而已！

可是，她雖然明知道這一點，但是，她的心還是跳得十分劇烈，比平時劇烈得多。

她搖動著手電筒，看到了有一道寬闊的，通向二樓的樓梯。安妮定了定神，她決先將整幢屋子檢查一遍，然後才決定在什麼地方過夜，反正時間還早，這時安妮並不愁沒有時間，只愁時間難以打發！

她握著手電筒，先在樓下轉了一轉，樓下除了大廳，飯廳，和兩間小客廳之外，還有一間很大的書房，後面則是廚房，由廚房，可以通向一個地窖。

由於屋中實在太靜，而且屋子又實在太殘舊的緣故，安妮幾乎每移動一步，就有一陣咯咯吱吱，或是古怪的聲音發出來。

在開始的時候，安妮不免心驚肉跳，著實害怕了一陣子，但是漸漸地，她也就習慣了。

只有當她來到地窖的門口，用手電筒向地窖照去的時候，她嚇了一大跳，在手電筒的光芒下，她首先看到，有許多碧綠的小圓點，在一閃一閃，接著，她就看清，在地窖中，有許多肥大的老鼠。

那些老鼠看到了安妮，一點也不怕，只是睜著鼠眼，望著安妮，鼠眼中的那種幽綠的光芒，充滿了邪惡，安妮感到一陣嘔心，她沒有走下地窖，關上了地窖的門，在外面反拴著，就退了回來。

然後，她踏著發出可怕聲響的樓梯，走上了二樓。

當她來到了二樓之後，她完全不覺得害怕了，因為她已經可以證明，那是一間無人居住的舊屋，根本沒有什麼值得可怕的，至於古屋中有鬼，安妮想到這一點的時候，幾乎笑了起來。

哪一間古屋中沒有「鬼」呢？如果沒有「鬼」，茶餘飯後，人們用什麼來做談話的資料。

安妮泰然自若地檢查著二樓的每一間房間，除了屋外的風聲，和屋內的她自己的腳步聲之外，什麼聲音也沒有。

安妮在二樓走了一遍，一共有八間房間，大多數房間，都有著殘舊的傢俱，發出一股難聞的霉腐之味，只有其中兩間較小的房間是空著的，而且地板上也很乾淨，安妮決定選擇其中的一間來過夜。

當她有了決定之後，她下了樓，將帶來的大包袱負在肩上，重又上了樓，到了她決定過夜的那間房間之中，將包袱打了開來。

她先取出了一盞用蓄電池發電的燈，著亮，雖然說她的心中認定了不必害怕什麼，但完全在黑暗之中，也總不是辦法。

那盞燈，足足可以使她在一夜之中，都獲得光亮。

著亮了燈之後，她就熄了手電筒。那房間的窗口，全有著鐵枝，鐵枝雖然都已生了銹，但是安妮在檢查之下，卻發覺都還牢靠可用。

安妮又關上了門，她檢查了一下門鎖，鎖已經壞了，她就用一塊板，將門頂住，使門不能在外面被推開，又關好了所有的窗，有一塊窗玻璃碎了，安妮用另一塊木板，將窗子封上。

當她做完了這一切之後，她已經安全地將自己關閉在一間小房間之內了，而且，她還有著一柄可以發射麻醉針的手槍，她在樓上，樓下如果有什麼「東西」要上樓來，樓梯一定會發出聲響，她也可以警覺，安妮甚至有點怪自己太膽小，準備得太周全了！

她抖開了被袋，脫了外衣，鑽進了被袋之中，將那盞燈移到了頭的後面，躺了下來，展開帶來的書，看了起來。

安妮自然不會帶一本恐怖小說來增加自己的恐懼，她帶來的是一本十分動人的文藝小說。

不多久，她已完全沉浸在那本小說的男女主角動人的戀愛之中，她甚至於忘記自己是在一幢被人傳為「有鬼」的古屋之中，簡直和在家中沒有什麼不同。

她看了大約一小時書，覺得疲倦，放下書本，將那柄手槍扣在手腕上，閉上眼睛，聽著「呼呼」的北風聲，不一會，就睡著了。

她睡著的時候，其實還很早，如果她在家中，絕不會那麼早就睡著的。而這時，一則由於她除了睡覺之外，根本沒有別的事可做，二則，她初進古屋來的時候，也著實緊張了一陣子，在緊張之後，神情鬆弛，便格外容易覺得疲倦，所以才睡著了。

她不知道自己睡了多久，然後，她突然醒了過來。

她是被一種奇異的聲響驚醒的，那種奇異的聲響，在樓下發出來，那是一種軋軋的聲響，好像是有什麼硬物，要擠進其他硬物之間，而發出來的聲響。

安妮才驚醒，還未曾立時睜開眼來，但是她已經知道，她那間小房間中，至少沒有事，燈還亮著，那種「軋軋」的聲響，似乎是從大廳的左側發出來的，那兒是廚房，以及通向地窖的門。

安妮也立即想起，她並沒有進入地窖，因為地窖中有很多老鼠。

但是，她卻拴緊地窖的門，這時，那種聲音，聽來像是有人在用力推地窖的門，想從地窖中走出來！

一想到了這一點，安妮不禁全身都發出了一股寒意，陡地睜開了眼來！

當她還未曾睜開眼來時，她已經感到了害怕，因為那陣聲響，實在來得太突然了！

雖然，那全然可能是因為風太強了，吹動了一扇未曾關好的窗子，所發出的聲響，但是在那樣的情形下，卻無論如何，會使人生出恐懼之感來的。

然而，拿她聽到了「軋軋」聲響時所感到的恐懼，和她這時睜開眼來之後所感到的恐懼來相比，那簡直是不成比例的了！

她才一睜開眼來，就看到，面對著她的那幅白堊剝落的牆上，有一個黑影！

那是一個真正的黑影，大約有八呎高，雖然黑影一動也不動，但是可以清清楚楚地看出，那是一個人影，一個彷彿是披著斗篷的人！

剎那之間，安妮感到自己不是躺在可以抵禦零度以下寒冷的鶴絨被袋中，而像是整個人都浸在冰水之中一樣，全身透涼！

她張大了口，可是卻發不出聲響來，她立時想到，一定要有一個人，站在燈前，牆上才會有那樣的一個黑影，如果那人是站在燈後面的話，那麼，黑影就不應該出現在她面前的牆上！

而為了方便躺下來之後看書，她將那盞燈，放在她頭後面不到兩呎處！

那也就是說，在她的頭後，不到兩呎處，就站著一個人，那人是怎麼進來的，何以竟悄沒聲地站在自己的頭後面？

安妮只覺得身子陣陣發麻，她簡直整個人都僵住了！

然而，她究竟曾和木蘭花、穆秀珍在一起生活過一些日子，她有足夠的勇氣來接受這樣的挑戰，雖然在乍一見到那黑影之際，她的恐懼是如此之甚，但是那只不過是極短時間內的事。

她立時尖聲叫了起來，她為什麼要叫，連她自己也不明白，或許是因為高聲的尖叫，可以減輕心中的恐懼。

事實上，當一個人可以出聲尖叫時，他內心中最恐懼的一剎間，也已經過去了！

她一面尖叫著，一面陡地翻起手腕來，已將手槍挑在手中，向後連射了幾槍，身子一縮，從被袋之中直竄了出來。

可是，當她自被袋之中竄了出來之後，卻發現她的身後並沒有人！

安妮陡地一怔，窗仍關著，門上的木板也還頂著，不可能有人進來的，而且，事實上，房間之中也沒有人，否則，那人的動作再快，也不可能一秒之前，他的黑影還留在牆上，而一秒鐘之後，已失去了蹤影。

安妮呆了極短的時間，她立時想到那黑影，要判斷那人是不是還存在，只要看看牆上那個黑影是不是還在就可以了！

她一想到了這一點，立時轉過了頭去。

可是，就在她轉過頭去的那一剎間，幾乎沒有任何聲響，那盞燈突然熄滅了。房間中變得一片漆黑，安妮變得什麼都看不到了！

安妮那時的吃驚程度，真是難以形容的，她連忙俯下身來，她還記得手電筒就在被袋旁邊，她只要伸手摸到手電筒，就一樣可以獲得光亮。

像安妮那種年紀的女孩子，在如此恐怖的情形下，居然沒有被嚇昏過去，而立時想到，她只要拿了手電筒在手，就可以明白發生了什麼事，那真是不容易的事了！

安妮俯下身，才一伸出手去，就摸到了手電筒，可是她的手指才觸到手電筒，那手電筒就像是被什麼力量推動著一樣，向前滾了開去！

手電筒在向前滾動之際，發出「骨碌碌」的聲響來，一直滾到了屋角！

安妮這時，真正呆住了，她連忙站了起來，她不敢再向前去，立時後退了兩步，靠牆站著，喘著氣。

她的眼前是一片漆黑，她全然不知道發生了什麼事，她只是緊張扣著槍扣，準備一有什麼動靜，她就立時發射麻醉針。

可是在房間中，卻沒有什麼聲響，樓下的「軋軋」聲也已停止了。而那並不是說，沒有別的聲響了，就在她背靠著的那幅牆的後面，發出了一陣難聽之極的爬搔聲來！

那一陣爬搔聲，實在聽得毛髮直豎，好像在牆後面，有什麼人要用指甲將牆爬開一個洞，再自那個洞中，將他爬搔得血淋淋的雙手伸出來一樣！

安妮喘著氣，連忙打橫跨了兩步，可是，當她才跨出的時候，爬搔聲略停了一停，而當她重又站定之後，又響了起來。

爬搔聲就在她的背後響著，那實在是令人無法忍受的，她不斷地移動著身子，可是那種爬搔聲，卻一直在她的背後響著，安妮不由自主地發出尖叫聲，她的身上，在直冒冷汗。

那實在是太恐怖了，她不顧一切地向前衝著，衝到了門前，踢倒了那塊木板，拉開了門，當她拉開門的時候，她看到一點朦朧的光亮之下，走廊的牆上，全是黑影！

安妮實在支持不住了，她的身子搖晃著，踉蹌退回到了屋子之中，又「砰」地一聲，將門關上。

她背靠門站著，而在門後，又響起了那種爬搔聲，似乎有木屑在簌簌地落下來，似乎那扇門就要被無數的銳利指甲抓穿，似乎有無數鬼魂要撲進來！

安妮在那時候，感到了一陣昏眩。

她也真正後悔，自己不應該到這間古屋來的！

這時候，木蘭花仍在細雨霏霏中步行著。

公路上靜到了極點，向前望去，一片漆黑，一間房屋也沒有，就算有房屋的話，只要屋中沒有亮著燈，木蘭花也是沒有辦法發現房屋所在的。

木蘭花繼續向前走著，她並不怕天黑，她所擔心的，只是不知道安妮會在古屋之中發生什麼事，然而當她想到，如果不是高翔的堅持，她根本在自己的家中，不會前來時，她倒也安下了心來，反倒想著，方局長找高翔找得那麼急，不知道究竟是發生了什麼事。

木蘭花又向前走了兩哩左右，她身上的衣服已濕了一大片，直到這時，她才看到前面不遠處，路左邊，有燈光透了出來。

木蘭花忙加快了腳步，向前走去。

當她來到了離燈光越來越近的時候，她發現那是一條小路，通向一幢小洋房中，小洋房有燈光射出來，自然裡面有人，想來，去借打電話，應該是不成問題的。

木蘭花的精神振了一振，轉上了兩條斜路，當她接近那幢小洋房的時候，便聽到了一陣劇烈的犬吠聲。

居住在郊外的人，養上幾條凶狠的狗來保安，那是不足為奇的，木蘭花繼續向前走，當她來到了鐵門前的時候，看到兩條大狼狗人立在鐵門內，發出可怕的叫聲來，露著白森森的牙齒。

而在那幢洋房之中，也有人走了出來，大聲喝道：「半夜三更，什麼人？」

木蘭花忙道：「我的車子在半路上發生了意外，我來借打一個電話，請方便一下！」

自屋中出來的人，手中抓著一個電筒，他先將手中的電筒，無禮地照在木蘭花的臉上。

木蘭花也不去責怪他，那人看了木蘭花好一會，才道：「對不起，即使你是一位小姐，我也不方便放陌生人進屋來。」

那時，那人已經移開了手中的電筒，藉著門柱上的燈光，木蘭花可以看出，他是一個三十歲左右的壯漢，那兩隻狗正圍著他打轉，他顯然就是這幢房子的主人了！

木蘭花微笑了一下，道：「的確，放陌生人入屋，是很不方便的，但是能不能請你代我打一個電話？」

那人沒好氣地道：「打給誰？」

木蘭花道：「打到警局，給高主任，請他派一輛車來，我會在路邊等他派來的車子。」

那人呆了一呆，道：「打給警局的高主任，那麼，你是誰？」

木蘭花的聲音很平靜，她說道：「我是他的妻子！」

那人卻大聲叫了起來，道：「你是木蘭花！你怎麼會一個人，在這樣的天氣，獨自在公路上步行的？」

木蘭花攤著手，道：「我既然是木蘭花，那麼，任何事情都可能在我身上發生的，是不是？」

那人笑了起來，連聲道：「對不起，真對不起，我不知道是大名鼎鼎的木蘭花小姐，請進來，我可以將我的車子借給你。」

木蘭花道：「那就更好了！」

那人一面喝住了還在吠叫不已的狗，一面打開門，讓木蘭花走進去。

4 屋漏偏逢連夜雨

木蘭花和那人，穿過了小小的一個花園，來到了屋子中，她立時覺得，一股暖氣撲面而來。

那是一個小客廳，作北歐的佈置，壁爐中生著火，有幾個男女圍著壁爐前坐著，當那人和木蘭花走進來的時候，他們一起轉過頭來，其中一個人問道：「什麼人？」

帶木蘭花進來的那人道：「我們多了一位十分難得的客人，她就是鼎鼎大名的木蘭花小姐！」

那幾個人一起站了起來，發出驚訝的聲音來，木蘭花和他們略點了點頭，道：「對不起，打擾了你們！」

那人遞了一杯酒給木蘭花，道：「來，喝一杯酒，驅驅寒氣。」

木蘭花接過酒來，當她接過酒的時候，她也曾猶豫了一下，但是想來，不會有什麼意外的，因為這些人根本不知道她會來，而她也的確需要喝一口酒。

所以她一口就喝乾了酒，道：「如果不方便的話，我可以叫人派車子來。」

那人忙道：「方便，方便，不論你什麼時候將車子交還我，都不要緊！」

那人說著，和屋中各人打著招呼，帶著木蘭花，離開了客廳，到了屋旁的車房中，指著一輛小車子，道：「你可以使用這輛車！」

他將車匙交給了木蘭花，直到看著木蘭花將車子駛出了斜路，他還在門口揮著手。

木蘭花駛下了斜路，就轉進公路，向前疾駛著，那和她剛才在雨中步行，真是不可同日而語。

可是，她駛出了不多久，就覺得有點不對了！

她覺得自己的頭越來越重，一種難以形容的疲倦襲上了心頭，好幾次，她的頭不由自主向下垂，碰在駕駛盤上！

這實在是不可能的事，雖然夜已深了，但是對木蘭花而言，就算她整夜不睡，也不會覺得那麼疲倦。

木蘭花一面在竭力和那種疲倦感對抗著，一面也立時想到，自己之所以忽然之間會感到如此之疲倦，一定和那一杯酒有著極大的關係。

除了那一杯酒之外，她未曾接觸過任何其他的東西，可是那一杯酒中，如果有著安眠藥的話，那又實在是一件不可思議的事。

那屋子中的那些男男女女難道預知她會來到？而他們又是什麼人？為什麼要使她在半途中昏睡過去？

一連串的疑問，襲上了木蘭花的心頭，但是木蘭花卻根本無法一件件地去分析解答，因為她實在太疲倦了，她非要睡一覺不可！

她還在竭力掙扎著，這時，她仍然駕著車，她憑著她超人的意志，將駕車當作是一種下意識的動作，她實在是幾乎已經睡著了。

她的眼睜不開來，眼前是一片模糊，當她知道她自己實在支持不下去的時候，她也想，既然有人要使她在駕駛途中昏睡過去，那麼，她如果就在路邊睡著了，一定會有極大的危險。

她運用了她這時所能使出的最大力道，扭轉了駕駛盤，車子向路邊的田野中衝去。

在猛烈的震動之後，木蘭花的車子已衝出了路邊，她聽到了一連串「卡察」，「卡察」的聲響，好像是車子衝進了一片灌木林之中，但是她已沒有力氣來辨別自己駕駛的車子究竟是不是隱蔽得很好，因為她已到了她所能支持的極限。

她在車子的震盪一停止之後，身子先是向後一靠，接著，向前一仆，便伏在駕駛盤上睡著了。

在那一夜，木蘭花並沒有到達白鶴圍林家古屋，說出來實是令人難以相信，她在路邊睡著了。

木蘭花在睡著了之後，自然不知道發生了什麼事，她也不知道，就在她睡著之後不久，有兩輛車子在公路上疾駛而過；她更不知道那兩輛車子，在公路上來回行駛了好幾次，好像是在找尋什麼。

而木蘭花的車子，的確是衝進了一個灌木叢之中，在如此黑暗的情形下，不是仔細尋找，根本無法發現她的車子是在什麼地方！

木蘭花是被一陣雀鳥的鳴叫聲吵醒的，當她聽到那一陣雀鳥鳴聲之際，她的頭還是十分沉重，她下意識地揮了揮手，想將噪音揮走，好再睡下去。

然而，就在那一剎間，她陡地想起了自己是如何沉睡過去的，那令得她突然抬起頭，睜開眼來。

她在那時，還是十分渴望繼續睡下去，但是那種疲倦的感覺，卻是可以對抗的，和昨天晚上她離開那屋子時所感到的不同。

不錯，那是昨天晚上的事，她已足足睡了大半夜，天已經亮了，天色也已放晴。

朝陽從雲層中射出來，木蘭花只覺得自己手腳冰冷，她昨天晚上將車子衝進灌木叢之後，立時便睡著了，連車窗也沒有關上，而天氣又是那麼地寒冷！

木蘭花睜開眼來之後，除了看到陽光之外，還看到一群麻雀，在樹枝上跳來跳去，吱吱喳喳地吵著，木蘭花使勁地搖了搖頭，使自己更清醒一些。

然後，她看了看手錶，時間是七點半。

已經過了一夜！

她在車子中度過了一夜，而安妮則在那林家古屋中過了一夜！

如果安妮在林家古屋中會遭到什麼意外的話，那麼意外已經發生了！

一想到這一點，木蘭花的心中不禁陡地一凜，雖然她還一點沒有證據，可以證明這一連串發生的事，是一個大陰謀，但是，如果說是巧合，那不是太巧了麼？一定是有人要阻攔她，不讓她到林家古屋去！

為什麼有人要阻止她，不讓她到林家古屋去呢？

那自然是在林家古屋之中，有著不可告人之事，那麼，安妮在林家古屋，也可能發生危險！

木蘭花心頭的吃驚，不住地增加，那也使得她的神智迅速清醒。她連忙又發動了車子，向後退，在田野中轉了一個彎，踏下油門，用力衝上了公路。

本來，她應該先折回到那屋子去，先看一下究竟的，但是由於她想到，安妮在林家古屋中，可能已遭到了什麼意外，是以她一上了公路，立時將車子駛得飛快，駛向白鶴園。

二十分鐘之後，木蘭花的車子穿過了一片林子，她已經看到了那幢古屋。木蘭花也是第一次來到這幢古屋的附近，即使是在陽光之下，那幢古屋看來也十分陰森。

而當木蘭花一駛近古屋之際，她立時看到了安妮的那輛車子。出乎她意料之外的是，在安妮的車子旁邊，還停著一輛大型的旅行車。那輛旅行車可能是剛到，車上有七八個青年男女，正嘻嘻哈哈，打開著車門，從車中走了出來。

當木蘭花的車子在屋前停下之際，那七八個年輕人都轉過頭，向她看來。

木蘭花下了車，她已經認出了那幾個人之中，有幾個是安妮的同學，曾經到她家來過的。

那幾個年輕人也認出了木蘭花，一起圍了上來，七嘴八舌地問道：「蘭花姐，你也是來找安妮的麼？」

木蘭花點著頭，道：「是，你們到了多久？」

一個圓臉的少女道：「我們才到，可是沒有人敢下車，那古屋實在太駭人了！」

另一個青年道：「現在蘭花姐來了，還怕什麼，安妮真了不起，我算是佩服她了！」

木蘭花吸了一口氣，道：「就是你們和安妮打賭，要她在這古屋中過一夜的？」

或許是由於木蘭花的神情太嚴肅，也或許是由於她的聲音太嚴厲，那些青年人在剎那之間全都靜了下來，一聲不出。

過了一會，一個青年才道：「我們並沒有要她來這裡過一夜，是她自己願意藉此來考驗自己的勇氣的。」

另一個女孩子道：「我們也曾勸她不要來，可是她不肯聽！」

木蘭花苦笑了一下，道：「別說了，但願安妮沒有任何意外！」

另一個女孩子怯生生地說道：「安妮會有意外麼？」

木蘭花搖了搖頭，道：「很難說，至少我在昨天晚上，就遇到了不可解釋的怪事，我們快進去看看吧！」

那些年輕人互望著，他們的神情，本來是極之輕鬆的，可是這時，卻也輕鬆不起來了，他們跟在木蘭花的後面，跨過了那道鐵門。

花園中的枯草上，還凝著昨晚細雨的雨珠，一進鐵門，木蘭花就叫道：

「安妮！」

木蘭花一叫，那幾個年輕人也一起大聲叫了起來，他們的呼叫聲，令得草叢中枯樹上的雀鳥，一起振翅飛了起來。

他們大聲叫著，可是那幢古屋卻仍然陰沉沉地，一點反應也沒有。

他們急急地穿過花園，進了古屋的大廳，木蘭花又叫了幾聲，仍然沒有回音，木蘭花道：「我們分開來去找一找，你們幾個上樓去！」

雖然是在白天，但是古屋中仍然是陰森可怖，每講一句話，都引起一陣空洞的回音，那幾個年輕人聽得木蘭花要他們去尋找，各各面面相覷，都現出十分駭然的神情來，沒有移動。

木蘭花心中十分焦急，安妮自然還在這裡，因為她的車子在屋外，而安妮只要還在屋中的話，聽到了她的聲音，就絕沒有不出來之理。

木蘭花這時幾乎可以斷定，已經有意外發生在安妮的身上了！

她迅速地在樓下轉了一轉，只有在地窖的門前略停了一停，打開了地窖的門，看了一下，然後，立時出了廚房，上了樓。

那些年輕人，只是跟著木蘭花打著轉，他們臉上的神情也越來越是駭然。

木蘭花奔上了樓，那道殘舊的樓梯，在八九個人的踐踏下，發出可怕的呻吟聲來。

上樓之後，木蘭花打開了每一間房間的房門。

只有其中一間房間，房門在裡面被東西頂著，木蘭花一面叫著安妮，一面命兩個青年用力撞著那房門。

房門本已朽腐，在幾下用力的撞擊之下，「嘩啦」一聲倒了下來。

木蘭花又揚聲叫道：「安妮！」

可是，仍然沒有回答。

當房門被撞開之後，安妮曾在這間房間中停留過，那是再無疑問的事了，她的被袋在房間中，那本小說，就在被袋的旁邊，那盞燈也在，地板的一角，是一只手電筒。

可是，卻沒有安妮！

木蘭花和那幾個年輕人進了房間，一個女孩子突然叫了起來，道：「安妮她是怎麼走出這間房間的？」

那女孩子這句話一出口，其他的人，臉色全都變得煞白，的確，安妮是如何離開這間房間的呢？

窗全關著，窗上有裝鐵枝，門在裡面被頂著，安妮如果是瘋了，昏了，死了，都不奇怪，可是她卻不見了，她怎麼離開這間房間的呢？

所有人的目光，都集中在木蘭花的身上。

木蘭花緊皺著眉，當門一撞開，木蘭花在看到屋中的情形後，她已然在想，安妮是怎麼離去的呢？

這裡是一間傳說中有「鬼」的古屋，安妮離奇失蹤，所有的人，幾乎會立即聯想到，安妮是遇到了「鬼」！

然而，木蘭花卻不那樣想。木蘭花是一個篤信科學的人，自然，「鬼魂」的現象，也可以用科學的觀點來解釋，但是無論如何，世上絕不會有一種「鬼」，可以使人活生生地消失！

木蘭花深深地吸了口氣，安妮確確實實不在這屋子中，而她現在需要做的事，就是將她找出來！

木蘭花望著那八個年輕人，那八個年輕人，個個神情緊張，屏住了氣息，一聲不出。

木蘭花的聲音很低沉，她道：「你們看到了，安妮已發生意外，我們還不知她的身上究竟發生了什麼事，然而有一點是可以肯定的，那就是趁早將她找出來，就減少一分危險，你們都是大學生了，應該明白這點！」

那八個年輕人點著頭，神情都很嚴肅。

木蘭花又道：「我們都不相信這間房子中真的有鬼，然而安妮昨晚在這裡，一定遇到過異乎尋常的事，我知道她來的時候，曾攜帶著一支可以發射麻醉針的小槍，你們看，她曾發射過！」

各人循木蘭花所指看去，看到在牆腳下，有幾支小小的麻醉針。

木蘭花又道：「我首先懷疑這屋子中有地道，我們要齊心合力將暗道找出來，你們之間，要推出兩個人來，駕車找最近的地方打電話報警，請警方派人來，記得，切不可到由一條斜路上去的一幢歐式的房子中去，昨晚我從房子出來，在半路上就睡著了！」

各人都點著頭，一個男孩子和一個女孩子道：「我們去報警。」

木蘭花點了點頭，那兩個人轉身奔下了樓，木蘭花等人雖然在樓上，但是也一直可以聽到他們奔走的腳步聲，接著，自窗口看到他們奔出的花園，上了車子，駛走了。

木蘭花和剩下的六個人，從這間房間開始，找尋木蘭花心目中認為一定存在的秘道。

木蘭花知道，高翔曾告訴過她，在這幢古屋之中，曾發生過意外，而在幾次意外之後，警方都曾經大規模地搜查這幢房子，據高翔所說，是一無所獲。

但是木蘭花仍然要檢查，她不信安妮會步行離開這幢房子，她也素知安妮的為人，若不是昨晚曾發生過驚人的意外，她也不會發射麻醉槍的！

安妮發生了意外，而她在趕到白鶴園來的途中，曾遇到了兩次事故，就算第一次，撞倒橡皮人，她的車子被人劫走，這件事，是真正的意外，那麼，她在那屋子中飲了一杯酒，而致沉睡不醒，這件事卻是一定可以和安妮在古屋中的遭遇聯繫起來的了。

木蘭花一面帶著那六個安妮的同學，詳細檢查著這幢古屋，一面眉心打著結，在苦苦思索著。

她覺得這件事已有了若干線索，可是這件事的開始，卻是難以解釋的，因為一連串的事故，假定都是因為安妮要在古屋中留宿而引起的，那就很難解釋得通，因為根本沒有什麼人知道安妮在古屋中過夜，更沒有人知道木蘭花連夜趕到古屋來，那麼，這一切事情，又是如何發生的呢？

木蘭花考慮的結果，覺得事情只有一個可能，那便是，要安妮在這間大屋中留宿，本身就是陰謀之一！

如果是那樣，那麼一切變故的發生，還可以有解釋。然而，難道真的一開始就是陰謀？

木蘭花望著那六個神情緊張，正在忙碌檢查古屋牆壁的年輕人，心中起了疑問，她順口道：「在閒談中，是誰最先提起這幢古屋之中有鬼的？」

那三個年輕人停了下來，天氣雖然冷，可是他們的頭上都全在冒著汗。

一個年輕人道：「是黃煥芬。」

木蘭花抬了抬眉，另一個年輕人道：「黃煥芬去報警去了。」

木蘭花看了看錶，他們七個人，樓上樓下檢查了一個多小時，已經十時二十分了，那兩個去報警的人，應該可以帶著警員來到了。

可是向外看去，通向古屋的路上，仍然是靜蕩蕩地，一個人也沒有。

木蘭花皺著眉，又道：「這位黃同學，她又怎麼知道這屋中有鬼？」

一個女孩子道：「黃煥芬說，那是她聽她叔叔講的，她叔叔不是對她講，而是對另一個人講，被她聽到的，她說有一次，她在她叔叔的書房外，聽得她叔叔在對另一個人說：林家古屋沒有人敢接近，那裡有鬼！有人被嚇死過，也有人被嚇瘋過！」

那女孩子講到這裡，想是因為心中害怕，是以不由自主打了一個寒顫。

另一個女孩子又補充道：「黃煥芬的叔叔很有錢，她就是住在她叔叔家中的。」

木蘭花仍然皺著眉，這一切，聽來似乎全是無關緊要的瑣事，然而木蘭花卻隱隱感到，這些瑣事，可能和整件事有莫大的聯繫。

但，究竟這些事和整件事有什麼關係呢？木蘭花還是說不上來！

木蘭花又帶著那六個年輕人工作，到了十一點鐘，他們連地窨也檢查過了，可是什麼也沒有發現，去報警的黃煥芬和另一個男孩子還沒有回來。

木蘭花拍了拍身上的塵埃，道：「我們可以離開了！」

幾個年輕人一起叫了起來，道：「安妮呢？我們還沒有找到她！」

木蘭花鎮定地道：「我們已經找過她了，事實證明，我們根本不能在這屋子中找到她！」

那幾個年輕人神色焦急，而木蘭花已向屋外走去，幾個人跟在她的後面，木蘭花到了花園中，又轉過身來，打量著整幢古屋。

在陽光下看來，古屋的外觀也充滿著神秘，事實上，安妮的失蹤也確然是神秘之極。

安妮的幾個同學，都不知道木蘭花究竟是在看什麼，木蘭花不出聲，她們也不敢出聲。

木蘭花呆立了約莫有五分鐘之久，便聽得一陣車聲傳了過來，他們一起轉過身去，看到一輛警車疾駛了過來。

那輛警車駛到了古屋的鐵門外，首先跳下車來的，是一個警官，接著便是黃煥芬和另一個年輕人，他們三人一起跳進了鐵門。

那警官來到了木蘭花的面前，看到了木蘭花，現出十分驚訝的神情來，道：「蘭花小姐，真是你！」

木蘭花向黃煥芬望了一眼，道：「為什麼去了那麼久才來？」

黃煥芬滿腹委屈地道：「還說呢，警方說他們有重要的事，抽不出人來，我對他們說，你在這裡，是你要我們來報警的，他們還不肯相信，鬧了好久，才撥出警員跟我們來的。」

木蘭花向那警官望去，那警官忙道：「高主任正在到處找你，他已通知全市的警員，一有了你的下落，立時與他聯絡。」

木蘭花想起了昨晚她離家之後，高翔被方局長緊急命令召走一事，她這一夜，幾乎和外界沒有任何接觸，是以也根本不知道發生了什麼事，這時，她急忙問道：「發生了什麼事？高主任在哪裡？」

那警官道：「我們才接到的消息，高主任又到大銀行的保險庫去了！」

木蘭花心中陡地一凜，道：「大銀行的保險庫發生了什麼事？」

那警官道：「詳細情形，我也不知道，昨夜，我們全體出動，駐守在交通要道上，檢查來往車輛和行人，聽說有人炸開了大銀行的保險庫！警車上有無線電話，請和高主任聯絡。」

木蘭花一面向外走去，一面道：「車上有多少人？昨晚有人在這古屋中失了蹤，這古屋中一定另有乾坤，請你派人繼續搜查，並且在二樓的一間有被袋的房間中，作第一級檢查！」

那警官立時答應著，所謂「第一級檢查」，是本市警方人員的術語，那是指發生了嚴重謀殺案之後，現場的一切例行檢查工作。

木蘭花跨過了鐵門，在那警官的大聲呼喝下，車上六名警員跳了下來，來到了古屋中，木蘭花打開車門，拿起了無線電話來。

兩分鐘後，她已和高翔取得了聯絡。

那時，高翔正在大銀行的保險庫中，穆秀珍、雲四風和雲五風和他在一起。

當他們四人到達大銀行的時候，大銀行前守衛森嚴，銀行雖然照常營業，但是看來卻也冷清了許多，他們四人穿過了銀行的大堂，立時有兩個高級警官迎了上來，將他們帶到銀行保險庫的正門去。

在時間掣規定的時間到了之後，保險庫的大門已如時打開。這時，在保險庫的大門兩旁，守衛得更嚴，高翔等四人進了保險庫。

保險庫中的濃煙，經過了長時間的熱風，已然消散了，但是仍然有一股觸鼻的煙味，他們經過了許多鐵柵，來到了那個破洞口。

在破洞的內外，都有警員駐守著，穆秀珍一看到那個破洞，便大聲叫道：「好傢伙！」

高翔苦笑了一下，指著那破洞道：「四風，五風，你們看看，要利用什麼樣的器械，才能弄出這樣的一個大洞來。」

雲五風和雲四風兩人走向前去，用手觸摸著捲開的厚鋼板，和檢視著破裂的鋼骨水泥外牆。雲五風更從身上，取出一柄鋒利的三角小銼來，用力在鋼板上銼著，發出難聽的聲響來。

也就在這時候，一個警官提著一具無線電話儀，走近高翔道：「高主任，蘭花小姐的電話！」

高翔在知道了木蘭花徹夜未歸之後，一直在擔心著，這時一聽得木蘭花有電話來，心中一鬆，忙拿起了電話來，道：「蘭花，你好麼？」

木蘭花的聲音十分低沉，她道：「我沒事。」

高翔一聽得木蘭花那樣講，便陡地一呆，他幾乎沒有勇氣問出下一句話來，但是在吸了一口氣之後，他還是問道：「安妮怎麼了？」

木蘭花道：「她失蹤了！」

高翔的身子震了一震，木蘭花又補充道：「我在早上七點多趕到林家古屋，找到了安妮曾經睡過的房間，但是她人卻不在！」

高翔急急地道：「你在早上才趕到？那怎麼可能？」

木蘭花道：「我在半路上發生了意外，說來話長，你那裡有什麼事？」

高翔苦笑著，道：「真是屋漏偏逢連夜雨了，有人在大銀行鄰街的一幢大廈的地下室，掘通了一條路，通過馬路，直達大銀行保險庫的外牆，並且，將外牆弄開了一個大洞！」

木蘭花問道：「大銀行損失了多少？」

高翔的聲音乾澀，道：「奇怪的是沒有損失，也許匪徒根本來不及下手，但是，歹徒卻放下了五具發煙裝置，弄得濃煙密佈！」

木蘭花略呆了一呆，才道：「高翔，不論你那裡發生了什麼事，我卻無法來幫你忙了，我要找尋安妮。」

高翔忙道：「蘭花，大銀行既然沒有什麼損失，我也不必在這裡，我來與你會合！」

木蘭花道：「暫時還沒有這個必要，因為我現在一點頭緒也沒有，你來了也幫不了忙，我會隨時和你聯絡的。」

高翔朝著和雲四風、雲五風一起在破洞口檢查的穆秀珍望了一眼，道：「秀珍在這裡，你是不是要對她說安妮的事。」

木蘭花立時道：「不必說，你也別說。」

高翔苦笑著，道：「那麼，我等你的電話。」

「的」地一聲，木蘭花已掛斷了電話，高翔將電話遞還給身邊的警官，他不由自主地抹了抹汗。

雲五風、雲四風和穆秀珍三人，正在聚精會神地檢查破口，沒有留意高翔和木蘭花在電話中講了一些什麼，也未曾留意到高翔聽完了電話之後，那種緊張而又恍惚的神情。

高翔向他們走去，雲四風先抬起頭來，道：「高翔，外牆的爆破，是利用最新的密集無聲爆破法造成的，這種爆破器，是工業界最新的成就，利用烈性炸藥，和高度壓縮的空氣，產生巨大的爆破力，可以爆穿一呎厚的水泥牆，而不發出太大的聲音來。」

高翔道：「這種爆破器，本市有得買？」

雲四風搖頭道：「沒有，據我所知，本市能夠使用這種電子控制的密集爆炸儀的人也極少！這使我很感意外，這種最新的爆炸儀，不是被用在工業建設上，而是被用在犯罪上！」

雲五風接著道：「四哥，使你意外的，還不止此呢，你看看，這些鋼板之所以會出現大洞，是先經過了鋸割，然後又經過強酸在割痕上的腐蝕，再以極強大的氣壓吸力將之逼穿的！」

雲四風呆了一呆，道：「照說，那是沒有可能的事，這裡外面的空間，無法容納得下一具強力的氣壓機！」

雲五風道：「我也想到過這一點，但是從斷口的情形看來，又確然如此，或許他們有了強力的、袖珍的氣壓機械，也說不定的。」

高翔苦笑著道：「照這樣說來，這宗犯罪，絕不是普通人能做出來的了？」

穆秀珍插嘴道：「自然，那是超級的大犯罪集團，他們計劃周詳，使用最新的工具，目的是偷取大銀行保險庫中的全部鈔票！要不是偷取全部鈔票，他們可能連本錢也撈不回來！」

高翔道：「可是他們卻什麼也沒有取走！」

穆秀珍搖頭道：「那不證明我的判斷不對，他們沒有時間動手，只好逃走了！」

高翔反問道：「一個這樣大規模的計劃，竟會在瀕臨成功的邊緣，因為時間不夠，而倉皇逃走？」

穆秀珍翻著眼，道：「世界上的事，本就難說得很！」

雲五風笑著，道：「四嫂，我看你的論證，不怎麼站得住腳。」

穆秀珍立時瞪住了雲五風，雲五風忙道：「第一，他們有時間裝置發煙器，第二，他們用來破洞的機械，全都搬走了，這絕不是倉皇逃走的人所能做得出來的。」

穆秀珍只是眨著眼，無法反駁。

5 鬼花樣

雲五風的那幾句話，說得雖然簡單，但卻是無可反駁的。

連高翔在事發倉猝之際，他也未曾想到這一點，他也一直只當歹徒是因為警鐘響起，而倉皇逃走的。

但現在聽了雲五風的分析，情形顯然不是那樣簡單的了！

歹徒至少有足夠的時間裝置發煙器，和搬走一切使他們進入保險庫的工具。而這些時間，又是他們在可以進入保險庫之後所發生的。歹徒在進入保險庫之後，為什麼不將鈔票取走，反而好整以暇地做這些事呢？

雲五風道：「照我看來，歹徒進入保險庫時，警鐘根本沒有響，他們不可能能夠進行如此巨大的工程，而連銀行的警鐘系統也不予破壞，他們一定是在從容退出之後，再度進入保險庫，響起警鐘，放出濃煙，等候警方人員趕到的。」

穆秀珍不禁笑了起來，道：「五風，照你這樣說來，這批歹徒全是神經病，有鈔票不拿，卻只是和警方開一個玩笑！」

高翔聽到了這裡，轉身對身旁的一個警官道：「請銀行的負責人來！」

那警官應聲走了開去，雲五風和穆秀珍仍然在爭論著，雲五風道：「我不知歹徒的目的是什麼，只是照事實來分析的！」

穆秀珍仍然不服氣地道：「我只是知道，世界上絕不會有那樣的笨賊，笨到辛辛苦苦進了大銀行的保險庫，只放一輪煙就算了！」

在他們爭論的時候，那位警官已和兩個銀行的高級職員走了進來，一個職員道：「高主任，我們已經和原來建造保險庫的承建公司聯絡過，他們表示明天就可以開工，來補好這個破洞。」

高翔點著頭，道：「那是銀行方面的事，警方不會加以干預，但是我們經過詳細的研究，斷定歹徒絕不會入寶山空手而回，所以請銀行方面，最好再仔細查點一次，看看是不是真的沒有損失。」

那兩個職員略呆了一呆，道：「高主任，我們已經檢查過一次了！」

高翔道：「我知道，但是再查一次，可以有更正確的結論！」

那兩個職員互望了一眼，看他們的樣子，像是嫌高翔的提議太麻煩了些，但是結果，他們還是點了點頭，道：「好吧，我們再查一次！」

他們兩人離了開去，高翔已經知道安妮失蹤，心頭十分沉重，他在保險庫中來回踱著。

不一會，大批銀行職員走進保險庫來，先由銀行的保安專家，檢查著每一個鐵柵外的電子鎖控制器，證明那完全未曾遭受過任何的破壞。

然後，就由一個警方人員，一個銀行的保安人員，陪同著銀行職員，走進鐵柵，監點著一紮一紮的鈔票，有幾個鐵柵中，架上所放的，還完全是未曾發行的新鈔。

高翔、穆秀珍、雲四風和雲五風四人，站在一旁看著，在忙碌了大半個小時之後，一個銀行高級職員來到了高翔的身前，道：「點查的結果，和上次一樣，銀庫中沒有任何損失！」

穆秀珍忙道：「再查一遍！」

銀行的高級職員立時皺起了眉，高翔也苦笑著道：「算了，經過兩次查點，不會再有錯的，警方人員將一直守到保險庫修好為止！」

那銀行高級職員走了開去，高翔道：「我們要不要從這破洞中，經過歹徒掘出的地道，到那幢大廈的地窖中去看一看！」

穆秀珍立時道：「好！」

雲四風也道：「這件事的確太怪異了，值得進一步的研究，高翔，請你帶路。」

高翔向在場的警務人員吩咐了幾句，就先從那破洞中鑽了出去，穆秀珍跟在他的後面，雲氏兄弟則緊隨在穆秀珍之後。

他們經過了那破洞，來到了水泥管口，水泥管中的污水也早被抽去，高翔等四人鑽進了管子之中，一起向前爬行著，不一會，就從管子的另一端爬了出來。

在那一端，也有許多警方人員守衛著，四人全爬出了水泥管，高翔才道：「我們剛才已從地下爬過了本市最繁盛的一條街道，再向前去，就是那另一幢大廈的地窖了，小心碰到頭！」

他們慢慢地向前走出，來到了那大廈的地下室。

雲五風看著那大廈地窖牆上的破洞，道：「和保險庫的外牆一樣，那也是新型爆炸儀造成的，照我看，就算是第一流的工程人員，要造成這樣的一條地下通道和爆破工程，至少也得五天的時間！」

穆秀珍立時道：「那就容易了，查一查這間大廈的管理人員，就可以明白了，有人在這裡工作了至少五天之多，管理處的工作人員沒有理由不知道的！」

高翔道：「我早就想到這一點了，可是，這幢大廈的管理處，一共有七個人，事發之後，全部失蹤，事情根本就是他們幹的。」

雲四風道：「這七個人，難道全沒有檔案，地址？」

雲四風的話，使得高翔又苦笑了起來，道：「這是一件計劃得十分周詳的行動，管理處的負責人在一個月之前死去，他手下的幾個人，本來是管理處負責人包工請來的，負責人一死，他們就散了，大廈業主是輾轉經人介紹，請了這七個人來的，那介紹人也失了蹤，我已命人遍訪曾見過這七個人的大廈中人，將他們的樣子畫出來，請法院下通緝令了！」

雲五風道：「原來管理處的負責人，是被謀殺的？」

高翔搖著頭道：「還不能肯定，我已命人去查了，不過，我看多半是被謀殺的。」

才講到這裡，就看到警方謀殺調查科的楊科長，和另一個高級警官，自大廈地窖的入口處走了進來，高翔忙道：「有結果了麼？」

楊科長的神情，十分古怪，他一面點著頭，一面向前走來，來到了高翔的面前，才道：「有結果了，原來的那管理員，叫季之發——」

高翔道：「這我們知道了，他是怎麼死的？」

楊科長道：「他的死因很特別，據他的家人說，在一個月前，他接受了一項打賭，一個人到西郊的一家古屋中過一夜，那間古屋，傳說是有鬼的，到了第二天早上，他被發現死在古屋中！」

高翔一聽到這裡，臉色就變了！

楊科長繼續道：「經過剖驗屍體，醫生說他是因為受了極度的驚恐而死！」

高翔發出了一下近乎呻吟也似的聲音來，道：「那古屋，是白鶴園，林家古屋？」

楊科長有點奇怪高翔怎麼會知道，是以他先望了高翔一眼，才道：「是的，在那間古屋之中，已發生了幾件事故，三個人死亡，一個人瘋狂。」

高翔喃喃地道：「一個人失蹤！」

高翔所指的一個人失蹤，自然是指昨晚才發生的安妮失蹤事件而言，但是楊科長卻不明白高翔那樣說是什麼意思，只是用詢問的眼光望定了高翔。

而高翔在那時，心中真是亂到了極點，他絕未曾想到，發生在大銀行保險庫中神秘的事件，會和林家古屋內的事有關連。然而，從現在的調查所得看來，那分明是有關聯的，那麼，安妮的失蹤，是不是也和這件奇案有關呢？

高翔的思緒極之紊亂，一點也想不出頭緒來，在那樣的情形下，他只盼望快點和木蘭花見面。

也就在這時，穆秀珍大聲道：「高翔，蘭花姐到哪裡去了，她為什麼不來？」

高翔定了定神，道：「我知道她在什麼地方，我現在就去找她。」

穆秀珍道：「走，我們一起去！」

高翔望了望穆秀珍，又望了望雲五風，他想，他沒有理由拒絕穆秀珍，不讓她和自己一起去找木蘭花，既然如此，那麼也沒有必要將安妮失蹤的那件事，再對他們瞞下去了，因為他們一見到了木蘭花，一定會明白的。

是以，他嘆了一聲，道：「好，蘭花現在也正在忙著，安妮昨晚接受了她同學的打賭，獨自在那間有鬼的屋子中過了一夜，蘭花早上趕到那屋子，發現安妮已經失蹤了！」

高翔的話，令得穆秀珍、雲四風和雲五風三人，齊齊發出了「啊！」地一聲驚呼。

穆秀珍忙頓足道：「高翔，你怎麼不早說？」

高翔苦笑著道：「是蘭花不讓我說，她還說，不論我這裡發生了什麼事，她都不能來幫我，我本來認為這兩件事是截然無關的，但是現在看來，卻分明有著聯繫！」

穆秀珍急得團團亂轉，道：「蘭花姐還在那古屋中？快和她聯絡！」

高翔立時到了大廈地窖中，臨時設立的通訊台前，利用無線電話，聯繫上了那輛在西郊林家古屋前的警車，可是，木蘭花卻已不在了。

木蘭花是在半小時之前離開的。

在幾名警員對古屋作了詳細的檢查，而仍然沒有任何發現之後，又有三輛警車駛到。

木蘭花請他們在古屋的附近再展開搜索，她自己駕了昨天晚上借來的那輛車子，駛上了公路去。

在那時候，木蘭花的臉上，現出了一種罕見的憔悴的神色來。

那種憔悴的神色，的確很少在木蘭花的臉上出現，因為木蘭花對任何事都充滿了信心，而一個充滿了信心的人，是不會感到疲倦的。

然而這時，當木蘭花駕著車離去的時候，她卻覺得自己的信心在動搖了。

安妮在古屋失蹤，已是鐵一般的事實，他們找了一個上午，現在差不多是中午了。可是安妮是如何失蹤的，她卻一點也不知道。

她甚至無法作出任何的推測，唯一可能的解釋，就是古屋中有「鬼」，是「鬼」在作祟，但是木蘭花又怎會接受這樣的解釋？

她在駕車離去之際，甚至有點精神恍惚。

最先來到的那輛警車的負責警官，來到了車前，道：「蘭花小姐，你到哪裡去？高主任如果有電話來，我好告訴他。」

木蘭花略想了一想，道：「我到離這裡大約有七哩，一條斜路上的一幢歐式洋房子，在公路上，可以看到那幢屋子的。」

那警官可能有點好奇，他問了一句道：「到那屋子去幹什麼？」

木蘭花苦笑了一下，道：「我也不知道。」

她倒絕不是不想回答那警官的問題，而是事實上，她的確不知道自己去做什麼！

她知道，自己被人用安眠藥弄得在公路邊上睡了一夜，和安妮的失蹤，是有關連的，那是有人不想她及時趕到林家古屋去保護安妮！

而她也知道，她就算再趕到那屋子去，昨夜在屋中的那些人一定早已不在了，那麼，她還去做什麼呢？一點作用也沒有！

但是她卻不能不去，因為她不能放過這一個線索，那是她唯一的線索了！

木蘭花踏下油門，車子飛也似地向前駛出。

即使是在白天，這條偏僻的公路上，也是車輛稀少，木蘭花直駛到那幢屋子的門前，她聽不到犬吠聲，她伸手推鐵門，鐵門也沒有下鎖。

木蘭花推開了鐵門，走了進去，來到了那個佈置得相當華麗舒適的客廳，壁爐中還有餘燼，可是正如她所料，一個人也沒有！

木蘭花在屋子上下走了一遭，就在客廳中坐了下來，屋子四周十分靜，她只是手撐著頭，一動也不動地坐著，苦苦地思索著。

在大半小時後，高翔、穆秀珍、雲四風和雲五風一齊進了那屋子的客廳，木蘭花仍然呆坐著。

木蘭花自然聽到車聲，而且，她也立即在車聲停止之後，聽到了穆秀珍的叫嚷聲，但是她仍然一動不動地坐著，直到他們四個人走了進來，她才苦笑了一下，道：「高翔，你已經說了？」

高翔點了點頭，道：「是的，蘭花，你在這裡做什麼？」

木蘭花像是忽然之間又充滿了精力一樣，她陡地站了起來，道：「來，我們好好地搜查一下這間房子，不要放過了任何細小的東西！」

高翔、穆秀珍、雲四風和雲五風全都驚訝莫名，道：「為什麼？」

木蘭花道：「我本來昨天晚上就可以趕到林家古屋的，但是卻在這裡著了道兒！」

木蘭花簡單的將她和高翔分手之後所發生的一切，概括地說了一遍。

高翔在木蘭花講完之後，也道：「蘭花，林家古屋和大銀行保險庫的劫案有關連！」

木蘭花揚起了眉，道：「那怎麼可能？」

高翔也將大銀行保險庫中發生的事，從頭至尾，說了一遍。

木蘭花用心地聽著，不時發出一些問題來，等到高翔說完，她道：「那真是有趣極了！」

穆秀珍哭喪著臉，道：「蘭花姐，安妮被那古屋中的猛鬼不知弄到什麼地方去了，而你還說有趣！」

木蘭花道：「不是鬼，是人！而且，我看他們也未必會加害安妮！」

雲五風道：「何以那麼肯定？」

木蘭花道：「你想想，他們昨天晚上有害死我的機會，但是他們卻不用毒藥，而只是在酒中加了強力的安眠藥，如果安妮已死在他們的手中，那麼，我們早就在古屋中發現安妮的屍體了！」

木蘭花講到這裡，略頓了一頓，又道：「在我未知道大銀行的怪案和林家古屋有聯繫之前，我的確很擔心，但現在，我可以確信，那一批足智多謀的大盜，他們並不想謀殺人命！」

高翔道：「可是，曾經有幾個人死在那古屋中呀！」

木蘭花說道：「那些人可能真的是自己嚇死的，我對整件事，已經有了一個大約的概念，我的推測是——」

木蘭花說到這裡，電話鈴聲竟然響了起來，大家循聲看去，電話就在酒櫃上，穆秀珍搶前一步，要去接電話，木蘭花道：「等我來！」

木蘭花到了酒櫃之前，拿起了電話，她並不出聲，只聽得電話中傳來了一陣「嗤嗤」的笑聲，道：「是警方人員，還是木蘭花小姐？」

木蘭花道：「兩者都有！」

那聲音又笑著，道：「你們來得太遲了，我已經打了三次電話哩，不過我知道，木蘭花小姐，你一定會來的，你還認得出我的聲音麼？」

木蘭花冷冷地道：「當然認得出，謝謝你的那杯酒，也謝謝你的車子！」

那聲音道：「真對不起，和鼎鼎大名的木蘭花小姐開了一個大玩笑，真對不起！」

木蘭花笑了起來，道：「那只不過是一個無傷大雅的小玩笑而已，你們在大銀行保險庫中開的那個玩笑，就不同了，可以使你們每個人坐上二十年的牢！」

那面的聲音陡地停了下來，像是他絕料不到木蘭花會講出那樣的話來一樣！

木蘭花冷笑著，道：「怎麼樣，是不是有點後悔開那樣的大玩笑了？」

那聲音這才勉強地乾笑了一下，道：「蘭花小姐，你真名不虛傳，真了不起！」

木蘭花道：「你太誇獎我了，我只不過是你們開玩笑的對象而已，我再問你一句，安妮在什麼地方，我限你們立即恢復她的自由！」

那人又是一呆，尖聲叫了起來，道：「那太冤枉了，我們絕不知道安妮在什麼地方，昨天晚上，我們的幾個朋友，幾乎還著了她的道兒……對不起，我說得實在太多了，再見！」

木蘭花忙道：「喂，等一等，你剛才那樣說，究竟是什麼意思？」

可是，木蘭花的那句話才一出口，她得到的回答，只是「得」地一聲響，對方已掛斷了電話。

木蘭花拿著電話聽筒，發了一會怔，道：「你們全聽到了，那人這樣說，是什麼意思？」

每個人都搖了搖頭，他們實在無法明白那人這樣說是什麼意思。

而且，他們也根本無法想像，在林家古屋漫長的一夜之中，安妮遇到了一些什麼怪事。

安妮在林家古屋中的遭遇，必須補述明白。

安妮將背靠在門口，在門外，似乎又響起了一陣那種難聽之極的爬搔聲來！

安妮剛才曾經打開過門，她什麼人也沒有看到，只是看到牆上有許多黑影，而這時，她背靠著門，聽著那種可怕的爬搔聲，似乎是那些黑影一起離開了牆，撲在門口，在用力爬著，想將門爬穿！

安妮這時的恐懼真是到了頂點，她已經不止一次地尖叫過，而在那樣的情形下，她反而叫不出來了。

而她的腦中，突然映出了一個她一直根本不願去想及的大字，那個字是：

「鬼！」

當安妮才一想到那個「鬼」字的時候，她的身子劇烈地震動了一下。

然而，接之而來的變化，卻是連她自己也意想不到的，在樓下傳來的怪聲將她驚醒之後，一連串的怪事，使她沉浸在極度的恐怖之中。

在她下意識中，實在已經千百次地想到過那個「鬼」字的了，但是由於恐懼，她根本不敢正面地去想一想。

直到這時，她身受的恐懼，已然到達了頂點，她才陡地想起了「有鬼」來。而一想到這一點之後，她的恐懼反倒迅速消失了。

她若是肯定了一切怪事，全是因為有鬼而來的，那實在是和她平時所受的教育完全相違背的，她根本不信有鬼，正因為那樣，所以她才會獨自到這林家古屋中來過上一夜的！

如今那一切怪事，卻是實實在在發生著的，她也的確曾經看到那些可怕的怪影，但，這一切，如果不是鬼所造成的，那就只有一個答案，那是人為的！

既然是人為的，她何必害怕成這樣？

當安妮想到這一點的時候，她真感到自己剛才的尖叫，如此的恐懼，實在值得慚愧！

她定了定神，在她身後的那種爬搔聲，仍然在持續著，安妮移了移身子，當她的身子移動之際，那種爬搔聲就停止。

而當她的背靠在牆上之後，那種爬搔聲，卻又連續地發出來。

安妮本來早就試過那樣的情形，只不過那時，她正在極度的恐懼之中，根本不及去想及其他，這時，她的心緒已經鎮定了下來，那就大不相同了，她立時發覺，自己的背若不是靠在牆上，就不會有那聲音發出來。

她起先還以為那種聲音，是從牆上或是門上所發出來的，但是在仔細聆聽了片刻之後，她聽出，那種聲音，竟是從她背後發出來的！

安妮連忙把手伸到背後，她也立時摸到，在她背後的衣服上，掛著一隻小小的方形盒子，那方形小盒，用一支針插在她背後的衣服上。

安妮將那方形小盒摘了下來，在黑暗中摸索著，當她摸到了一個凹凸的掣鈕之際，那種可怕的爬搔聲，立時從盒中發了出來！

安妮不禁「哈哈」大笑了起來，大聲道：「好了，鬼花樣玩完了麼？」

她這時雖然在那樣大聲喝著，但是她的心中，仍然不免十分疑惑，因為這房間中，絕不可能有人進來的，她甚至可以肯定，直到這時，房間之中，仍然只有她一個人在！

那麼，是什麼人將這個可以發出怪聲的小盒子掛在她背後的？

不單是那小盒子，又是什麼力量，熄了那盞燈，是什麼力量，使得手電筒滾開去，又是什麼，使得牆上出現一個人影？

然而，儘管安妮的心中還有著這些疑問，而這一切，全是人造成的，而不是鬼造成的，那是再也沒有疑問的事了，總不成鬼還科學到會利用發聲的小盒子！

是以安妮大喝了一聲之後，又厲聲道：「還不出來，躲在古屋之中裝神弄鬼，究竟是什麼意思呢？」

在安妮的連聲斷喝之下，安妮所在的那間房間之中，突然怪聲大作，種種聽了令人不寒而慄的聲音，不斷傳了出來。

然而這時候，就算那些聲音再古怪一點，也是嚇不倒安妮的了。

安妮在屋中緩緩地移動著，蹲下身，在地上摸索著，她還記得剛才那支手電筒飛出去的方位，而她並沒有用了多久，就摸到了那支電筒。

在摸到了手電筒之後，她仍然蹲著身子，花了大約一兩分鐘辨別那些聲音的來源，當她發現，那些怪聲是從天花板上傳下來的時候，她陡地按著了電筒，射向天花板。

古屋中的天花板已經殘舊不堪，很多地方，天花板已經剝落，現出一條一條的大樑來。如果是檢查古屋內是不是有秘道，即使連木蘭花那樣細心的人，也不會留意到幾乎碰一碰就坍下來的天花板的。

但是，這時安妮突然之間按亮了電筒，射向天花板，她雖然沒有看到什麼，卻立時聽到，在天花板傳下來的怪聲中，夾雜著一陣腳步聲。

6 犯罪據點

安妮大聲叫道：「還想逃走？」

她那一聲大喝之後，所有的怪聲一起停了下來，只有腳步聲還在繼續著，天花板之下另有通道，那是毫無疑問的事了！

安妮正在考慮著，用什麼方法才可以最快地爬上天花板，去追那個裝神扮鬼的人。

也就在這時，「啪」地一聲響，天花板上，翻下了一塊兩呎見方的活板來，同時，有一支細如手指的鐵枝，一端有著鉤，自那翻板翻出，出現在洞中，跌了下來，那鐵板足有八九呎長。

等到安妮看到了那個洞和那根鐵枝之後，她已經完全明白了！

利用一具折光幻燈機，就可以在牆上製造不論數目的黑影，利用那鐵枝，就可以撥熄燈掣，就可以將手電筒點開去，就可以將那發出怪聲的小盒掛在鐵枝的鉤上，趁她在慌亂之際，掛在她的背上去。

自然，那人一定戴著紅外線的眼鏡，不然，他就不能在黑暗中行事了，

安妮抓著那鐵枝，迅速地向上爬去，她爬進了那個洞口，發現天花板上，是一條十分寬敞的通道，從房間中看來，天花板的剝落，殘破的情形，全是偽裝！

安妮不禁慶幸自己的運氣，因為若不是那人走得匆忙，未曾將翻板鉤牢，而使翻板自己跌了下來的話，她再也不可能發現在天花板上，有著一條甬道。

安妮拉起了鐵枝，又將翻板扣上。

那時候，她絕未想到自己會一去，去了那麼久，她也未曾想到，木蘭花會來找她。

如果她想到這一點的話，她就不會扣牢翻板，那麼，木蘭花和她的同學一進入這間房間，就可以知道她怎麼離去的了！

而她在向上爬來的時候，鐵枝十分細，她必須雙手並用，是以也沒有法子將手電筒帶上去。

這時，她看到甬道的盡頭處，好像有光亮在閃動著，她就向前奔了出去，她腳踏著的，是堅實的木板，和整幢古屋，腳步放重些，就會咯吱咯吱發響，大不相同。

她奔了十來呎，就來到了甬道的盡頭，有一道狹窄的暗門蓋掩著。

安妮推開了那道暗門，一股寒風挾著細雨撲面而來，她幾乎跌了出去！

安妮向外看了看，已回到了林家古屋的外牆，離地大約有十五呎，她還看到，有兩個人正翻過古屋的圍牆，向外奔過去。

安妮小心地沿著牆，爬了出去，在離地還有六七呎時，她一縱身，跳了下去。

當她跳下去之後，她抬頭向上看了一眼，只見那甬道的出口處，在外面看來，是一道一呎來寬的裂縫。

這幢古屋的外牆上，這樣的裂縫，少說也有七八十條之多，真是誰也想不到，那樣的裂縫之中，有一條，會是甬道的出入口！

安妮一落地之後，也轉過身向前奔去。

她翻過了圍牆，那兩個人在她面前三十多碼處，還在田野中奔著，安妮大聲呼喝，追了上去。

轉眼之間，便來到了公路上，公路邊上有兩輛車子停著，那兩個人來到了車前，各自打開車門，上了車，其中一輛車子，立時發動，疾駛而去，而另一輛車子的車頭，卻發出一連串「軋軋」聲，未能立時發動。

安妮一直追了上來，離他們本就不遠，若是兩輛車子一起發動駛走，安妮自然追不上，可是那輛車子一耽擱，安妮卻已追到了車旁。

車中那人看看不對頭，推開車門，向外便逃，安妮一縱身，已躍上了車頂，接著，她從車頂上直撲了下來，身子還在半空之中，雙足便已踢出。

那人正在向前奔跑著，安妮的雙足重重踢在他的背上，踢得他身子向前一仆，跌倒在地。

而安妮的身子也落下地來，在地上打了一個滾，那人剛掙扎著站了起來，安妮便已經滾到了他的身邊，雙足一踢，踢在那人的小腿上，那人一個站不穩，重又跌倒，安妮一躍而起，手肘撞向那人的後腦。

這接二連三的攻擊，全都是迅疾無比，那人根本連還手的餘地也沒有，他的後腦被安妮撞中，前額又重重撞在公路的路面上，那人立時發出了一下呻吟聲來，道：「別再動手了！」

安妮一欠身，回手抓住了那人背後的衣服，將他提了起來。

天仍然下著細雨，天色很陰暗，安妮雖然和那人面對面，但是也只是約略可以看出，那人是一個十分瘦削的年輕人。

在木蘭花嚴格的訓練下，安妮的技擊術，足夠對付三個大漢而有餘，對方只是一個瘦削的青年，自然更不是安妮的對手了。

安妮抓住了那人的衣服，厲聲道：「你在林家古屋中扮鬼嚇人，是為了什麼？」

安妮一面喝問，一面還用力搖撼著那人的身子。

那人喘著氣，道：「不，不為什麼，只是為了好玩。」

安妮冷笑一聲道：「好玩得很麼？你怎麼知道我會在古屋中留著，你的同伴逃到哪裡去了？」

那年輕人卻抿著嘴，再也不開口。

安妮推著他，直來到了那輛車旁，道：「走，跟我一起到警局去！」

那人本來已經不再掙扎了，可是一聽得安妮要揪他到警局去，他又劇烈地掙扎了起來。

也就在這時，先前駛走的那輛車，突然著亮車頭燈，又疾駛了回來，安妮忙將那人拖到了車後，在那人的後腦上重重加了一拳，將那人擊昏了過去。

那輛車子疾駛到近前停下，車中一個人探出頭來，叫道：「怎麼還不走，別惹麻煩，首領吩咐過，我們的行動，不能有任何枝節的！」

看來，那駕車回來的人，還不知道他的同伴已著了道兒，安妮看準了機會，剛想再撲出之間，那人話一說完，頭便縮了回去，立時又將車掉了頭，道：「快跟我來！」

安妮打開了車後座的門，將那昏了過去的人塞進了車中，她上了司機位，發動了車子。

這時候，安妮已經知道事情絕不那麼簡單了，那兩個人在古屋中扮鬼，絕不是為了好玩，而是他們組織有計劃的行動的一部分！

他們的組織，可能很龐大，至少有一個「首領」。

安妮其實還全然不知道是一個什麼樣的組織，在做些什麼事，但是，她敏銳的直覺，卻已感到了強烈的犯罪氣味。

那時，那輛車子在向前駛去，安妮當然不肯放過這個機會，她若是跟蹤前去，就可以發現他們的那個組織，和弄明白他們究竟是在幹什麼。

所以安妮立時踏下油門，她和前面那輛車保持著一定的距離，前面那輛車越駛越快，安妮仍然緊緊跟隨著，公路上除了他們兩輛車之外，什麼車輛也沒有，越向前駛去，越是荒僻。

十分鐘之後，安妮看到前面的那輛車子，轉上了一條上山的斜路，那斜路十分陡斜，一轉上斜路，就可以看到上面的一個高坡上，依著山勢，有一幢相當宏偉的洋房。

那洋房看來，和有錢人的郊區別墅，沒有什麼不同，前面的那輛車子，在大洋房門前停下，車中那人也自車中走了出來。

安妮略為猶豫了一下，將車子直駛向前去，幾乎就在那人的身後停了下來。那人呆了一呆，轉過身來，可是他還未曾出聲，安妮已經打開了車門，同時，那柄小手槍也已抵住了他的背心。

安妮在那人的驚愕中，冷冷地道：「想不到吧，跟在你後面的，一直就不是你的同伴！」

那人舉起了手，在門柱上的燈光照映之下，他的面色，顯得蒼白而憤怒，他道：「小姐，你太過分了！」

安妮冷笑著，道：「在林家古屋，我幾乎被你們嚇死，現在，我這樣就叫過分了？」

那人吸了一口氣，道：「小姐，你現在最好的做法，就是忘記一切，立即回家去。」

安妮「哼」地一聲，道：「你就想我那樣做了，可是你現在沒有反抗的餘地，帶我去見你們的首領，讓我弄明白你們這樣裝神弄鬼的目的，究竟是什麼！」

安妮和木蘭花、穆秀珍在一起之後，自然也經歷了不少驚險百出的事情，但是像如今那樣，由她單獨一人，制住了敵人，直闖敵人的巢穴，卻還是第一次，是以她的心中也十分緊張。

不過，她的行動、語氣卻十分鎮定，那人的臉色變得難看之極。

這時，大洋房內，已有一個人走了出來，一面走著，一面道：「將那小姑娘嚇走了麼？」

那人苦笑了一下，他還未曾出聲，安妮已陡地揚起槍來，扳動了槍機。麻醉針隔著鐵門射了進去，恰好射在走出來的那人的胸前，那人呆了一呆，不到一秒鐘，他的身子就向前一衝，他的手揚了起來，像是想抓住什麼，穩住他的身子。

然而，他卻什麼也抓不住，手才一揚了起來，他就倒了下去。

在安妮身前的那人，趁機向前撲了出去，但是安妮立時又射出了另一支麻醉針，射中了那人的後腦，那人的身子向前一撲，撲在鐵門之上，發出了「砰」地一聲響，接著，就一動也不動了！

而在那「砰」地一聲響之後，周圍又靜了下來，簡直靜得出奇。

安妮向屋子看去，只見屋子的下層幾個窗口，有暗淡的燈光透了出來，整幢屋子中，似乎沒有別的人了。

安妮只打量了極短的時間，就攀過了鐵門，進了花園，通向屋子虛掩著的大門，安妮一伸手，推開了門，身子立時閃了一閃。

她是怕門一被自己推開後，屋中便有人衝了出來。

可是，門被她推開之後，屋中卻一點動靜也沒有，安妮握著麻醉槍，走進了屋子，一進門，就可以看到一個陳設得十分華麗，新穎的大客廳。

在客廳中，有著兩組淺米色的沙發，和滿鋪著橘紅色的長毛地毯，客廳中一個人也沒有，只有一盞座燈亮著，發出柔和的光芒。

安妮小心翼翼地向前走著，她來到了客廳的正中，大聲道：「好了，你們全可以出來了，躲不了哩！」

她這時那樣大聲呼喝著，原來的用意，只不過是想試探一下，屋子中是不是有人，可是，意料之外的是，就在她一出聲之後，客廳正中的大水晶燈陡地亮起，在樓梯口，沙發後，全有人站了起來！

同時，在她的背後，也有一根硬而圓的金屬管子，抵住了她的背心，那毫無疑問的，是一柄來福槍。

安妮陡地呆了一呆，剎那之間，會有那樣的變化，她實在是料不到的。

這時，只見樓梯口的那人走向前來，那人的面上戴著一個面具，安妮又發現，其餘五六個人也一樣戴著各種各樣的面具，她倒是像置身於化裝舞會一樣！

那人揚了揚手，道：「安妮小姐，你手中的麻醉槍，還不肯放棄麼？」

安妮仍然緊緊地握著麻醉槍，她實在不想放棄她的武器，可是，在她背後已被人家的武器抵住的情形之下，她想不放棄也是不行的了。

她發出憤怒的悶哼聲，用力將麻醉槍拋在地上，在她面前的那人，一腳將那柄麻醉槍踢了開去。

安妮道：「你就是首領了？」

那人搖頭道：「不是，但我是第二負責人，小姐，你為什麼不像別的女孩子那樣膽小，一聽到了怪聲，一見到了怪影，立時逃走？」

安妮冷冷地道：「那使你們遭到了損失，是不是？」

那人臉上的神情如何，由於他戴著面具，安妮當然看不到，但是他的聲音卻躊躇了一下，然後才道：「直到目前為止，還不能說我們遭到了損失，但是你替我們增加了不少麻煩，倒是真的，首先，我們不知道要如何處置你才好！」

安妮冷然道：「如果你們的重大犯罪陰謀，因我而不得逞，那麼，可以將我殺死，在這樣僻靜的郊外，沒有人會注意一下槍響的！」

那人笑了起來，道：「小姐，你的鎮定和勇敢，大有木蘭花之風，不過你可能早已知道，我們是不想殺人的，如果我們要殺人，早在林家古屋就可以下手，我們是運用超人的智力來得到報酬，殺人是醜惡的行徑，我們絕不會採取的！」

安妮道：「你們的犯罪計劃是什麼？」

那人「哦」地一聲，道：「安妮小姐，那太過分了，我是不會告訴你的，你已逼得我們要放棄這裡，我也只好委屈你一次了！」

那人的右手一直放在背後，直到此際，他才陡地揚起手來。在他的手中，是一隻圓柱形的鐵罐，而他的食指，正按在鐵罐的一個掣上。

一看到那樣的鐵罐，安妮便立即知道，那是一罐噴霧，那人一定是想利用噴霧，令自己昏迷過去，是以她立時側過頭去。

可是，她反應雖快，卻也來不及了，那人的手指按了下去，「嗤」地一聲響，一股噴霧射了出來，安妮只覺得一股強烈的麻醉藥氣味撲鼻而來，她嗆咳了一下，便覺得天旋地轉。

而那時，她背後的那人也後退了一步，安妮的身子搖晃著，在她身前的那人，還在對著她，不斷地噴霧，安妮終於倒了下去。

那人拋開了手中的鐵罐，大叫道：「我們快撤退！」

一個戴著面具的女人道：「我們已經放棄了一個據點，再放棄下去怎麼辦？」

另一個道：「林家古屋也靠不住了，我看我們不必再撤退了！」

那人卻叱道：「胡說，我們的計劃天衣無縫，而且已經成功了，只不過放棄幾個據點，有什麼大不了，安妮和木蘭花的出現，本就是意外，現在意外已經過去，我們的計劃也沒有受到任何損失！」

其餘幾個人不再說什麼，他們一起向外退去，到了外面，將那兩個仍然昏迷不醒的人扶上了車，所有的人都擠進了兩輛車子中，駛走了。

安妮一直躺在柔軟的地毯上，等到她又醒過來的時候，陽光射進客廳來，安妮掙扎著站起身來，已經是下午兩點鐘了！

安妮仍然覺得有點頭重腳輕，她腳步虛浮地走向前，在地毯上，拾起了她那柄麻醉槍來。

她一手扶著沙發的靠背，定了定神，屋子中很靜，她已可以肯定一個人也沒有了，她來到了電話旁，拿起了電話聽筒。

電話線並沒有被割斷，她先打了個電話到家中，沒有人接聽，才又打電話到警局。

值日警官接到了安妮的電話，忙道：「安妮小姐，請你快到林家古屋去！」

安妮道：「你能通知林家古屋的警方人員，派一輛車子來接我麼？我在林家大屋以西，約十哩的一幢大洋房門前等他們！」

值日警官道：「自然可以！」

安妮放下了電話，走了出去，寒冷而嚴肅的北風向她吹來，使她清醒了不少。

她等了不到二十分鐘，一輛警車已然駛到。

安妮請兩個警員留守著那幢洋房，登上了警車。

她上了警車，才知道木蘭花他們全來了，只不過他們不在林家古屋，在搜索另一屋間子。

當安妮走進那幢北歐式房子的時候，木蘭花等人也正好對這幢屋子作了徹底的搜查，但是卻一無所獲，各人的心情十分沮喪，但是安妮安然回來，卻使得他們全都高興了起來。

穆秀珍緊握著安妮的手不放，道：「小鬼頭，你到哪裡去了？可是給鬼迷住了麼？」

安妮看到了各人，她也十分興奮，她將她昨天晚上的遭遇講了一遍，各人用心聽著。

她講完之後，才補充道：「那幢大洋房和林家古屋，我看全是一個犯罪組織的據點。」

木蘭花點頭道：「這裡也是，但是他們已經撤退，我想也找不到什麼了！」

高翔忙道：「就算找不到什麼，也得找找。」

木蘭花道：「那自然，不過，我不參加了，如果有什麼發現，你告訴我，安妮，我們回家去！」

她一面說，一面向外走去，看她的樣子，像是準備放棄偵查這件事了。

然而，看她向外走去的時候，那種汽緩的腳步和緊蹙的雙眉，各人都可以知道，木蘭花絕不是放棄追覓這一連串的事件，她只是在思索，思索這一連串事件的一個主要關鍵！

他們離開了那幢北歐式的屋子，留下兩個警員看守著，高翔到林家大屋去，雲四風、雲五風回到他們自已的企業中去如常工作。

木蘭花、穆秀珍和安妮三個人則回到了家中。

當高翔來到了林家古屋的時候，已有更多的警方人員來到，高翔已知道古屋的暗道是在天花板上，檢查工作自然更容易進行了。

不到半小時，他就發現，二樓的每一間房間之中，天花板上，都有著暗門，而尖屋頂之上，暗道密佈。

高翔還發現，其中有一道梯子，直通到地窖下的一個地下密室中，那密室中已空無所有，但是卻十分乾淨，顯然曾經利用過作為某種用途，而且，整個地下密室中都洋溢著一種十分奇特的氣味。

高翔又召來了化驗室的工作人員，化驗這地下密室中的空氣，和牆上，地下的一切痕跡，以確定這間地下密室，究竟被利用來做過什麼事。

高翔不但負責指揮林家古屋的搜索，他也幾次到達那幢大洋房，去進行搜查，可是卻一無所獲。那兩幢房子的業主是誰也查出來了，那正是大銀行家的許多物業中的兩幢，是分租給承租人居住的。

警方也從銀行的檔案中，查出了承租人所簽訂的合約，但是那是沒有什麼用處的，任何人都可以化名來租下這兩幢房子的。

高翔一直忙到天黑，才回到了家中。

在經過了毫無休息的，近四十小時的工作之後，高翔真是疲憊不堪了，一進家，他就倒在沙發上，只有安妮和穆秀珍在客廳中。

穆秀珍心急地問道：「有什麼發現？」

高翔苦笑著，搖了搖頭，問道：「蘭花呢？」

安妮道：「一回家，蘭花姐就將自己關在書房中，不許我們去打擾她。」

高翔嘆了一聲，道：「我們在林家古屋發現了一間地下密室，那地下密室一定曾被利用來做過某一件事情，可是現在卻空空如也了！」

木蘭花也在這時，自樓梯上走下來。

她一面走下來，一面道：「這批人的犯罪計劃，安排之周詳，實在令人咋舌！」

高翔直了直身子，道：「如果他們就是弄開了大銀行保險庫的那批人，那麼真是人算不如天算了，他們什麼也沒有得到！」

安妮道：「高翔哥，你說『如果他們就是』，那是什麼意思，難道還不足以肯定麼？」

高翔點頭道：「是的，到目前為止，兩者之間的聯繫，只不過是那幢大廈的前管理員，是死在林家古屋之內這一點而已。」

穆秀珍卻支持安妮的論點，道：「那也已經足夠了，一定是他們為了要方便在大廈的地窖中行事，是以才將那管理員引到林家大屋去殺死的！」

木蘭花微笑著，道：「秀珍，如果你是這些犯罪分子，不覺得那樣做太麻煩麼？他們可以在任何地方，殺死那管理員的！」

穆秀珍睜著眼，一時之間，答不上來。

木蘭花又道：「所以，這件事，還有一個極大的疑點，是我們未曾弄明白的，高翔，你說先後有三個人在林家古屋內被嚇死？」

高翔道心：「是的，還有一個嚇瘋了。」

木蘭花道：「在那三個死者之中，有一個，是那幢大廈的管理處負責人，另外兩個死者的身分，和那發瘋的人的身分，可曾作過調查？」

高翔呆了一呆，道：「那倒沒有。」

木蘭花道：「應該調查！」

安妮道：「那沒有作用，林家古屋既然以有鬼出名，那麼，自然有好事生非的人，會自己以為膽子大，而在古屋中過夜。」

穆秀珍瞪了安妮一眼，道：「就像你一樣！」

安妮苦笑了一下，道：「我也幾乎被嚇死，他們將古屋中弄得那麼恐怖，嚇死人也絕不出奇。」

高翔已拿起了電話，通知警局的資料室，要他們代查那其餘幾個曾在林家古屋出事的人的身分。

7 目的何在

十分鐘之後，資料室的回答來了，死了的三個人，除了一個已知是大廈管理處的負責人之外，其餘兩個，一個是海員，另一個是建築工人。

那個嚇瘋了的人，也是海員，而且檔案中記錄得很明白，他們的家人證明他們確然是接受了打賭，而在林家古屋內過夜時出事的。

從資料室的回答來看，除了那個大廈管理處的負責人之外，其餘人顯然是和事情無關的了。

木蘭花來回踱了幾步，道：「現在，我們可以作出這樣的假定。有一批人，利用荒僻的林家古屋，進行某項工作，為了不願被人發現他們的工作，是以他們在古屋內扮鬼，將進入古屋中的人趕走，卻不料有幾個經不起嚇，竟嚇死了！」

高翔道：「這個假定可以成立，但我始終認為大廈的管理處負責人，是遭蓄意謀殺的。」

安妮道：「我也那麼想。」

木蘭花又呆了一會，才道：「還有一件事也十分奇怪，管理處的負責人一死之後，其餘的管理人員一齊散離，雖說是包工負責制，但是他們難道都不希望保留自己的工作？」

高翔陡地跳了起來，「啊」地一聲，道：「我怎麼沒有想到這一點！失蹤的那七個人，無蹤可查，但是以前的幾個管理人員，卻是有案可稽的，我立即通知將那些人找來。」

木蘭花打了一個呵欠，道：「是的，這裡面，多少可以得到一些線索。」

木蘭花在講了那句話之後，突然望向安妮，道：「安妮，現在輪到你來想一想了，你那幾個同學之中，誰可能出賣了你？」

木蘭花這句話，實是來得突兀之極，是以令得安妮在一時之間，不知該如何回答才好，她呆了一呆，才道：「蘭花姐，你那樣說，是什麼意思？」

木蘭花道：「從林家古屋中的情形看來，那些人的工作已經完成了，他們不可能再有人在古屋中，你到古屋去，他們也不會發現。然而，他們卻知道了，而且知道了將到古屋去的是你，而又怕你會發現古屋的秘密，是以不但要將你嚇走，而且還要在半路上，三番兩次阻撓我，不讓我去找你，你想，他們有時間佈置一切，自然證明你要到古屋去一事，早已為人所知，我和高翔，連對秀珍都未曾說起過！」

安妮苦笑著，道：「那幾個，全是我在學校中的好同學，我實在想不出他們之間誰會出賣我，可能是他們無意中講起，被別人聽了去，也說不定的。」

木蘭花道：「有可能，你那幾個同學之中，最早提起鬼屋的是黃煥芬？」

安妮道：「是，她說，她曾聽得她的叔叔在書房中和人提起過，林家古屋有鬼！」

木蘭花問道：「她叔叔是什麼人？」

安妮道：「黃煥芬的叔叔，是本市的大建築商，擁有三家建築公司——」

安妮還未曾向下講去，高翔已接口道：「那一定是黃成坊了。」

安妮點著頭，道：「是他。」

木蘭花的眉心打著結，高翔道：「蘭花，你在懷疑什麼？黃成坊家產億萬，實在沒有什麼可以懷疑的！」

木蘭花吸了一口氣，道：「是沒有什麼可以懷疑的，我只不過在想，據四風和五風說，掘地洞，爆破外牆，全是使用最新型機械進行的，這些機械，也正是建築業所用的，旁人並不容易買得到！」

在木蘭花那幾句話出口之後，客廳中，登時變得靜了下來。

過了好一會，高翔才吸了一口氣，道：「那幢大廈的業主，也正是黃成坊。蘭花，如果有必要的話，我可以去訪問他一下。」

木蘭花點點頭道：「好的，但是你去拜訪他的時候，要技巧一些。」

穆秀珍咕噥著道：「億萬富翁怎會做賊？而且，他也只是個笨賊，什麼也偷不到！」

木蘭花沉聲道：「這批人進入大銀行的保險庫，我同意五風的看法，他們一定在保險庫中逗留了相當久，才從容退出的，事實上，他們已經達到了他們的目的，只不過我們無法知道他們目的何在而已。」

穆秀珍撇了撇嘴，道：「銀行什麼損失也沒有，他們達到了什麼目的？」

木蘭花沒有回答穆秀珍這個問題，她又打了個呵欠道：「時候不早了，秀珍，你也該回去了！」

穆秀珍道：「好，我明天一早就來聽消息。」

高翔送穆秀珍到門口，穆秀珍駕車離去，高翔回到了客廳中，道：「最奇怪的是，在保險庫中放出大量濃煙，有什麼作用？」

木蘭花搖著頭，道：「不知道，我們不知道的事還太多了，只好一步一步地搜索！」

她扶著扶手，上了樓梯。

這一晚，由於過度的疲倦，雖然他們心中疑問重重，但也睡得十分甜。

第二天，高翔最早醒來，他也不吵醒木蘭花，就來到了警局，警方已經找到了大廈原來的管理人員，一共是六個人。

那六個人，都被招待在一間房間中坐著，高翔一到，就去和他們見面，那六個人都現出害怕的神色來，高翔先和顏悅色地安慰了他們幾句，才道：「你們原來都是跟季元發工作的，是不是？」

那六個人一起點頭，道：「是！」

其中一個年紀較大的道：「季元發是我們同鄉，他照應我們，才給我們一份清潔看門的工作。」

高翔道：「你們做那樣的工作，生活環境一定不會十分好的了？」

那六個人一聽，臉上都現出了十分苦澀的笑容來，顯然是高翔的話，說到了他們的心中。

高翔又道：「現在，警方不明白的是，何以季元發一死，你們不要求業主，留下來繼續工作？而全都放棄了那份工作？」

那六個人一聽，都現出極其奇怪的神色來，一個道：「不是我們自己要走的，我到今天還沒有找到事做。」

高翔的心中一凜，道：「誰叫你們走的？」

另一個道：「業主，發哥死了的第二天，業主就著人來通知我們，他已請了新人，補了我們兩個月的工資，將我們遣散了！」

高翔呆了半晌，事發之後，他並沒有親自調查這件事，而是他的手下去調查的，所獲得的結果，多少有點不同，警方的調查所得，是季元發死後，這六個人自動放棄工作的！

這中間，顯然有很大的出入了！

而警方是向大廈業主調查的，大廈的業主，是黃成坊！

高翔感到自己已經從一團亂線之中，理出了一個頭來了，黃成坊為什麼要說謊呢？而且，這樣重要的一幢商業大廈，在舊的管理人員走了之後，錄用了一批來歷不明的人做管理員，那也是說不過去的事！

那六個人見高翔不出聲，也都停了下來，望著高翔。

高翔呆想了片刻，道：「你們六人可以回去了，很謝謝你們和警方的合作！」

那六個人相繼離去之後，高翔背負著雙手，踱了片刻，才道：「請安排我和黃成坊的約會——不，通知黃成坊，我要去見他！」

在高翔的身後，一個警官答應一聲，走了出去，高翔來到了方局長的辦公室中，將這件案子的發展經過，向方局長報告了一下，就離開了警局。

黃成坊的辦公室，就在那家大廈的頂樓，高翔走出了電梯，便是一條滿鋪著條色地毯的大廳，已有兩個文質彬彬的人在電梯門口等著，道：「高主任麼？黃董事長已在相候！」

高翔點了點頭，跟著那兩個職員，一起向前走去，他們先進了一間極其華麗的會客室，那會客室的一邊，全是大玻璃，向外看去，對面就是大銀行大廈，和許多繁忙的街道。

在會客室中，有好幾個客人坐著，那兩個職員將高翔帶到了一幅巨大的印象派畫前，略站了一站，畫就齊口裂了開來。

那兩個職員並不走進去，只是道：「高主任請進！」

高翔走了進去，背後的門自動闔上，裡面是一間加倍豪華的辦公室，一張巨大的桃木辦公桌陳列著十幾幢大大小小房屋的模型。

辦公桌後，一個氣派過人的中年人站了起來，向高翔伸出手，道：「高主任，歡迎，歡迎！」

高翔走過去，和他握了握手，在他的對面坐了下來，打量著這個事業成功的億萬富翁。

黃成坊搓了一下手，道：「高主任，你可是為了大廈地窖中發生的事而來的？我們什麼時候可以動工將破洞補起來？」

高翔笑道：「隨時可以。」

黃成坊又道：「高主任還有什麼指教？」

高翔仍然笑著，道：「黃先生，我想請問一下，現在嫌疑最大的，自然是那七個在逃的管理員，警方想知道，究竟是誰錄用他們的？」

黃成坊皺了皺眉，道：「這樣的小事，本來我是絕不過問的，但既然出了事，我也追問過，那是總務處的一個職員決定的。」

高翔道：「那職員呢？警方想見他！」

黃成坊攤了攤手，道：「那人也不見了，看來，一切是早有預謀的，利用我大廈的地窖，去打大銀行保險庫的主意！」

高翔略呆了一呆，道：「那麼，在季元發死後，辭退那六個人，是你的主意？」

黃成坊像是呆了呆，接道：「誰是季元發？」

高翔道：「是這幢大廈原來管理處負責人！」

黃成坊道：「對不起，這種人，名義上雖然是我的僱員，但是我的僱員有近萬人，我無法一一認得他們，他們的去留，更與我無關！」

高翔又呆了半晌，他不禁苦笑了起來。

在未見黃成坊之前，他以為自己已經在一片紊亂之中，找到了一個頭緒。但是，在和黃成坊交談了幾句之後，他發現他並沒有找到什麼線頭！

看來，事情和黃成坊根本沒有什麼關係，只不過是總務處一個小職員的事，而那個小職員卻已經不見了，和那七個管理人員一樣！

高翔站了起來，道：「謝謝你，我沒有其他的問題了，打擾你了！」

黃成坊也站了起來，道：「隨時歡迎！」

高翔走向外，黃成坊十分有禮貌地送了出來，一直送到了會客室中。

高翔指著那幅大玻璃，道：「從這裡看出去，視野真廣！」

黃成坊道：「是啊，正對著大銀行！」

高翔略揚了揚眉，他沒有再說什麼，在會客室門口，和黃成坊握了手，告辭離去。

當高翔回到警局的時候，木蘭花和方局長全在他的辦公室中，木蘭花第一句話就問道：「會見黃成坊的結果怎麼樣？」

高翔嘆了一聲，搖著頭道：「看來他沒有嫌疑，因為他根本不知道大廈管理人員更換的事，那是由總務處的一個職員決定的，那個職員也失蹤了！」

方局長苦笑道：「這樣一來，整件事不是變得一點頭緒也沒有了？」

方局長一面說著，一面望定了木蘭花，木蘭花只是緊皺著眉，不出聲。

方局長吸了一口氣，道：「幸而銀行方面並沒有受到損失，而他們也不願公佈保險庫被人弄開的事實，我看這件事，只好歸入檔案了！」

高翔揚了揚眉，木蘭花仍然不出聲。方局長從他們兩人的神態上，可以看出他們並不同意自己的說法。

方局長又勉強笑了一下，道：「或許這批歹徒這一次沒有得手，他們還會再來一次的！」

木蘭花緩緩地道：「那是不可能的事，他們的安排，至少要幾個月的時間，如果一次不成，警方有了戒備，他們是沒有機會再來一次的了！」

方局長疑惑地道：「蘭花，你這樣說，彷彿他們已經成功了？」

木蘭花的語調，仍然十分沉緩，她一定是一面思索，一面說著話，所以才會那樣的，她道：「我們有什麼理由，說他們沒有成功？」

方局長不禁呆了一呆，因為木蘭花的那一個問題，乍一聽來，是十分可笑的，但這時他們正在嚴肅地討論問題，方局長自然不會笑出來，他只是在呆了一呆之後，道：「銀行方面一點損失也沒有，這不足以證明他們並沒有成功麼？」

木蘭花點頭道：「是的，這是一項強有力的證明，但是我們又怎能忽略其他各方面的事實呢？」

方局長道：「什麼事實？」

木蘭花道：「事實的第一點，他們在弄開了銀行保險庫之後，有足夠的時間去裝置發煙器，也有足夠的時間，完成爆破儀器的撤退。第二點，他們在那三個據點之中的撤退工作，做得十分完善，使我們一點線索也得不到。第三點，他們這一批人，在事後消失無蹤，這也絕不是倉猝之間所能做得到，而全然是根據計劃來實行的，所以我說，他們已成功了！」

方局長搖著頭，顯然不同意木蘭花的說法。

高翔則道：「如果說他們的目的，只是在銀行的保險庫中裝上五具發煙器，那麼，他們可說成功了！」

木蘭花笑起來道：「天下有那樣的笨賊麼？」

高翔攤開手，道：「可是銀行方面是不會隱瞞損失的，事實上，我在事發後，第一個進入保險庫，也可以證明那些保護鈔票的鐵柵，完全未曾打開，你說他們的目的是什麼？」

木蘭花嘆了一聲，道：「這是一個關鍵問題，而直到如今，我還未曾想到，那是為什麼，銀行方面一點損失也沒有，這實在是一個最大的障礙，使我簡直無法再往下想去！」

高翔和方局長兩人互望著，他們也低嘆了一聲。

就在這時候，辦公室外有人敲門，高翔揚聲道：「進來！」

一個警官拿著一個文件夾，走了進來，道：「高主任，化驗室的報告來了！」

高翔將文件夾接了過來，方局長道，「不是什麼也沒有發現麼？有什麼可以化驗的？」

高翔苦笑著，道：「的確是什麼也沒有發現，但是在林家古屋的地下密室中，我聞到了一股奇異的氣味，所以我請專家辨認，那是什麼氣味，以斷定他們曾經在那裡做過什麼。」

那送文件來的警官道：「他們化驗過那裡的空氣，沒有什麼發現，但是那種氣味，三位專家都發表了他們的意見，主任請看。」

高翔將文件夾攤了開來，放在桌上，方局長和木蘭花一起去看。

只見第一個專家的意見是：那種氣味，是汽油過度揮發後造成的，而且還有濃烈的機油推過後的殘留氣味，這位專家的結論是：在這間地下密室中，曾有機器作過長時間的操作，而在機器被撤離之後，又曾經過小心的清洗。

方局長、高翔和木蘭花三人的眉心都打著結，高翔掀過了那份報告，去看第二個專家的意見。第二個專家的意見是大同小異的，不同的地方是，那位專家補充說，在地下密室的空氣中，有著發電機殘留下來的特殊的焦臭味。

木蘭花不禁苦笑了一下，有機器操作，自然需要電源，而林家古屋是沒有電源的，發動機器當然非自備電源不可，這位專家，說了等於白說。

高翔也「哼」地一聲，彈了一下那份報告，道：「這還要他說麼？」

他一面說，一面又掀過了那份報告，當他們三人看到第三位專家留在報告書上的意見之後，他們三人都陡地震動了一下。

第三位專家的意見具體得多，他肯定那地下密室之中，有著一種高級油墨的氣味，是以他也斷定那地下密室中，曾有過長時期的印刷機操作。

印刷機也是機器，不能說前兩位的專家判斷錯誤，但是第三位專家的判斷，卻有用得多！

剎那之間，方局長、高翔、木蘭花三人，全不出聲，他們都在迅速地思索著：油墨的氣味，印刷機的操作，大銀行的保險庫，大量儲存在保險庫中的現鈔，這一切之間，有著什麼聯繫呢？

突然之間，木蘭花的神情變了，她眉心的結舒展開來，在她的臉上現出了一絲微笑來。

顯而易見，那是她已經有了答案！

但是木蘭花卻沒有說什麼，只是向高翔望了過去，高翔還在苦苦思索著，當他看到木蘭花向自己望來之際，他看到了木蘭花臉上的神情，他也知道，木蘭花的心中已有了答案。

可是高翔卻還想不到什麼，他剛開口問木蘭花，但是他的問題還未曾出口，他心頭陡地閃電也似地亮了一亮，他也想到了！

幾乎是和他想到的同時，方局長也「啊」地一聲，叫了出來。

那自然是方局長也想到了！

站在一旁的那位警官，看到他們三人那樣的情形，只覺得莫名其妙，無法知道他們三人究竟在做什麼。

而高翔、木蘭花和方局長三人，互望了一眼，木蘭花微笑著，道：「高翔，是你想到，連空中的氣味也可以作為線索的，現在你先說，你想到他們曾在那地下密室中，做過什麼事。」

高翔先吸了一口氣，道：「印製偽鈔！」

方局長道：「大量地、長時間地印製偽鈔！」

木蘭花道：「一點也不錯，他們工作了至少半年以上，印了大量鈔票！」

方局長立時又道：「可是近半年來，並沒有偽鈔流通的報告，難道他們印製的偽鈔，已和真的鈔票一樣，還是他們等著，在若干日子後才脫手！」

木蘭花卻微笑著，道：「不，他們印好的偽鈔，已經全部脫手了！」

高翔一怔，木蘭花說得那麼肯定，他知道，木蘭花對一件事，肯下如此肯定的判斷，那一定是有著充分事實的根據的，絕不會亂說。

但是高翔卻仍然無法相信木蘭花的判斷！

他略為呆了一呆，遲疑地道：「那不會吧，本市如果有偽鈔流通，就算是小額的，也很容易被發現，何況我們斷定這是大宗的交易！」

方局長也道：「是啊，直到如今為止，我們連一宗偽鈔的報告也未曾接到。」

木蘭花滿有把握地道：「就快有了。」

她在講了那句話之後，忽然又道：「高翔，通常來說，印製了大量偽鈔的人，是用什麼方法脫手？」

高翔道：「最通常的辦法，自然是低價售給大的犯罪組織，也有小規模的印製偽鈔，自己要來使用。」

木蘭花笑道：「也有人印了偽鈔，拿到馬場去賭馬，每一匹馬都下注，每場也多少有點真鈔票可以收回來。這些全是舊辦法，而且是笨辦法了！」

方局長忙道：「蘭花，你是說，那些人用了另一種聰明的辦法脫手？」

木蘭花感嘆地道：「是的，一種聰明的辦法，簡直是絕頂聰明的辦法！」

剛才，高翔，方局長和木蘭花三人，一起從油墨的殘留氣味，印刷機的使用，來推測林家古屋的地下密室中曾做過什麼，他們三人推測的結果是一致的，雖然，得到答案的時間上多少有點差別，然而，那也絕不會超過一分鐘的時間。

可是這時，木蘭花已知道這印製偽鈔的歹徒，使用了一種絕頂聰明的方法，將他們印製成的偽鈔脫了手，但是高翔和方局長兩人，卻是一點頭緒也沒有！

高翔忙道：「蘭花，他們用的是什麼方法？」

木蘭花又嘆了一聲，道：「實在太聰明了，高翔，銀行方面不是一再聲明沒有損失，而我們卻又可以證明，歹徒在保險庫中逗留了相當時間麼？」

木蘭花這一句話才出口，高翔和方局長兩人一起「啊」地一聲叫了起來。

他們立時明白了！

方局長手按著桌子，站了起來，吃驚地道：「蘭花，你是說，他們將大量的偽鈔運進大銀行的保險庫去，又將同樣數目的真鈔運走？」

蘭花點頭道：「說穿了，實在很簡單，正是那樣，所以銀行方面，一點損失也沒有！」

高翔和方局長面面相覷，一時之間，一句話也說不出來。

這的確是一個聰明之極的辦法，絕頂聰明！

木蘭花又道：「他們一定已經將印好的偽鈔弄舊，而且，模仿大銀行的點數方法，一紮紮包好，在包紮鈔票的紙條上，一定還有著大銀行的印鑑，和點數員的簽字。試想，鈔票本是大銀行發行的，有誰會懷疑，自大銀行中所發出來的鈔票竟是偽鈔？」

高翔和方局長兩人，齊齊吸了一口涼氣。

方局長忙道：「高翔，快和銀行方面聯絡，叫他們停止一切支付，別再讓偽鈔流通。」

木蘭花道：「那倒不必，大銀行若是停止一切支付，會引起市場的紊亂，我看還是建議銀行用新鈔票支付的好，這些人既然如此聰明，他們一定不會動新鈔票的，因為新鈔票有號碼可以稽查！」

高翔一面點著頭，一面拿起了電話來，方局長也已然按下了對講機，道：「準備車子，我要到銀行去！」

木蘭花則在沙發上坐了下來，伸了一個懶腰，這時候，她只覺得無比地輕鬆！雖然，那批歹徒仍然逍遙法外，還一點沒有線索可以追尋，但是，整件案子中，最難想得通的一關，卻已然被她想通了！

她深信自己的推理是正確的，在花了那麼大的工夫，打開了大銀行的保險庫，而銀行保險庫中沒有任何損失，那是不可能的事。

現在，已經證明，銀行方面不是沒有損失，而是有了損失卻不知道！

歹徒的這個辦法，雖然實行起來麻煩一些，需要動用巨大的人力物力，和極之周詳的計劃，卻是最聰明的辦法！

如果他們弄開了大銀行的保險庫，偷走了大批鈔票的話，那自然直截了當得多，但是案發之後，警方一定全力追緝，他們的手中，突然多了大量現鈔，在警方的全力追緝之下，他們的處境就十分不妙了！

而現在的情形，卻大不相同了，他們用一大批同等數目，印刷精良的偽鈔，代替了真鈔票，大銀行方面不曾發現有損失，只當賊人無功而退，自然不會再追查下去，而歹徒手中所擁有的一批，又是真鈔票。

偽鈔在市面上流通，一定會被發現，然而卻絕不會有人料想得到，偽鈔竟從大銀行的保險庫中源源不絕地流出來，而歹徒手中擁有的，既然是真鈔票，自然不必怕人懷疑！

這可以說是一個十全十美，天衣無縫的犯罪計劃！

這個犯罪計劃，如果不是安妮要到林家古屋去留宿，引起了歹徒的恐慌，從而生出了一連串枝節來的話，只怕再也不會被人發現了！

而事實上，安妮到林家古屋去留宿，是懷著恐慌的心情而去的，她根本不可能在林家古屋中發現什麼，就算木蘭花提了去，在暗中保護，也不可能發現什麼，然而，全世界的犯罪分子都有一個共同的弱點，那就是犯了罪之後，內心的恐懼感。

不論犯罪分子對一件罪案的設計是多麼的周密，也不論整個犯罪過程是如何順利，犯罪分子的心中，一定會惴惴不安，害怕自己的罪行會被揭發！

所以，當他們知道了安妮會到那林家古屋中留宿，而且，恰好又是他們整件犯罪事件中最重要行動的那一天時，他們就害怕起來，他們不但想到扮鬼將安妮嚇走，而且還在半路上阻攔著木蘭花！

但是，他們卻弄巧成拙了！

他們還算是做得十分成功，因為他們的人，沒有一個落在警方的手中，而且，也沒有在那三處地方，留下什麼線索來。

然而，他們的行動，卻使警方發現了林家古屋的地下密室，那批歹徒，只怕做夢也想不到，已經經過他們細心清理的地下密室中，還留下了氣味，而就是根據那些氣味，整件撲朔迷離的事便豁然開朗，這真是人算不如天算了！

木蘭花想到了這裡，直了直身子，站了起來，高翔已放下了電話道：「我們立即到銀行去！」

他們三人，一起離開了警局。

在高翔、方局長、木蘭花三人，還未曾到達大銀行之前，大銀行中，已經緊張了起來。

在接到了高翔的電話之後，銀行的偽鈔辨別專家，立時開始工作，只不過五分鐘，他們便已經證明了木蘭花的推斷，是完全正確的！

銀行保險庫中的舊鈔票，是印刷得極其精良的偽鈔！

一發現了這一點，銀行中自然亂了起來，所有出納員手中的現鈔，全被集中起來，為了應付支付，一律改用新鈔票。

雖然拿到新鈔票的顧客，心中有點奇怪，但是卻也沒有疑惑什麼，銀行的正常支付總算沒有停頓。

大銀行各部門的高級職員，一起聚集在會議室中，大批職員在查點偽鈔的數目，和核算這一天之中，已流出去的偽鈔數字。

等到高翔、木蘭花和方局長三人，在高級職員的帶領下，進入會議室的時候，十來個高級人員的神色，緊張得難以形容。

銀行的副總裁首先道：「這樣的事，對銀行的信譽，打擊實在太大了，鈔票是我們發行的，但是大量的偽鈔，卻從我們銀行的保險庫中取出來，通過我們出納員的手而流出去！」

高翔沉聲說道：「總算事情發現得早，已是不幸中的大幸，在事發之後，我曾請貴行兩次盤點，貴行職員如果夠細心，早就可以發現這一點了！」

副總裁的話，本來是頗有責備警方之意的，但是高翔立時發話，將他的話頂了回去。

副總裁略呆了一呆，也有點不好意思地道：「誰會料得到，歹徒將大量的偽鈔換走了真鈔票？」

高翔道：「自然有人想得到，警方在經過調查、分析之後，就想到了這一點！」

副總裁完全沒有什麼話可說了。

方局長問道：「已有多少偽鈔流了出去？」

會計主任道：「正在核算中，根據銀行往日的支付記錄，平均數字，大約是在兩千萬左右。」

方局長又問道：「在保險庫中的偽鈔，還有多少？」

會計主任又道：「很難說，到現在為止，已經發現的，超過一億五千萬！」

方局長道：「現在暫時不要動那些偽鈔，只以新鈔票來付，可以應付得來麼？」

副總裁道：「可以應付的，但銀行方面，受了那麼大的損失——」

木蘭花在進了會議室之後，一直未曾開過口，直到此際，才道：「請放心，那筆錢一定可以追得回來的，所以警方要求銀行保守秘密，只當沒有這件事一樣，並且，盡可能查出真正的舊鈔，夾在新鈔票中發出去，歹徒不可能將全部舊鈔一起換走的。」

副總裁道：「警方真有把握？」

高翔和方局長兩人，一起向木蘭花望去。

因為在如今這樣的情形下，要追回被換走的真鈔票來，可以說是一件絕無把握的事，是以要答覆副總裁的追問，也十分困難。

木蘭花略想了一想，道：「我們會盡力而為，你不能要我們在五分鐘內就破案的！」

副總裁嘆了一聲，喃喃地道：「全是沒有號碼記錄的舊鈔票，這批歹徒，太高明了！」

8 用人不當

木蘭花、高翔和方局長三人，又到了大銀行的保險庫之中，點數員和偽鈔辨別專家正在忙碌地工作著，已被證明了的偽鈔，都堆在一個鐵欄之中，堆得比人還要高。

木蘭花皺了皺眉，總數之巨，只怕是本市有史以來，最大的一宗罪案了！

高翔站在木蘭花的背後，道：「我有一件事不明白，他們調換了鈔票之後，為什麼還要裝上幾具發煙器，冒出大量的濃煙來？」

木蘭花道：「這已不難解釋了，濃煙可以掩蓋偽鈔所發出的不同的氣味，而且，也可以使得包紮舊鈔的紙條，印鑑，看來不容易分辨真偽，除此而外，不會有其他的作用了！」

高翔點了點頭，對於木蘭花的分析，他自然是十分之佩服。

高翔又道：「那麼，我們從何處著手，追尋那批歹徒，和追回被他們換走的鈔票來呢？」

木蘭花卻沒有立即回答高翔的問題，只是轉身向外走去，高翔跟在她的後面，方局長還在保險庫中，指揮著警方人員。

木蘭花和高翔來到了銀行的大堂中，這時，正是銀行收支最忙的時候，大堂之中，全是人，木蘭花和高翔穿過了人叢。

木蘭花突然停了一停，直到這時，她才回答高翔剛才的那個問題，道：「我看，我們還是從安妮著手。」

高翔顯得有點迷惑，道：「從安妮著手？」

木蘭花道：「是的，這件案子能夠進展到如今這個地步，可以說全靠安妮和她的同學打賭，要到林家古屋去住一夜，使歹徒起了恐慌，你說是不是？」

高翔略想了一想，道：「可以說是，要不是那樣，也不會有那麼多的聯想！」

木蘭花道：「對那批犯罪分子而言，他們已經亂了陣腳，雖然他們應付得很好，並沒有露出什麼馬腳來，但事實上，他們已經現出馬腳來了，而且，最重要一點，那就是：歹徒何以知道安妮要到林家古屋去住宿，又怎料到我會暗中去保護她？」

高翔搖了搖頭。

木蘭花又道：「記得前天晚上，安妮回來，說和同學打了賭，她還說，當時同學中有人說，如果是我的話，一定可以將鬼揪出來，這種話，就可以使歹徒聯想到我也會去！」

高翔呆了一呆，道：「蘭花，你是說，在安妮的同學中，有著歹徒的一分子？」

木蘭花道：「可能是，也可能不是，但是歹徒總是從安妮的同學處，得知我和她會到林家古屋去，是以才做出了一連串佈置的。」

高翔呆了半晌，低著頭，向前走去，來到了銀行的大門口，他才道：「那麼，你要調查安妮的那幾個同學？」

木蘭花搖著頭，道：「不必全部調查，我想，只要去見一見黃成坊的侄女黃煥芬，就可以多少有結果了。」

高翔道：「黃成坊？你還是相信他有嫌疑？」

木蘭花道：「到如今為止，他的嫌疑最大，昨天，我曾請雲五風去調查一下，有誰曾購置過那種新型的爆破裝置和強烈的氣壓儀，調查的結果，今早雲五風派人送來給我，我還未曾和你說起。」

高翔吸了一口氣，道：「是黃成坊？」

木蘭花道：「黃成坊是其中之一，一共有十二個工業或建築單位，有這樣的設備，黃成坊是那十二個名單中的一個！」

高翔搖著頭，道：「單憑那樣，還是很難使他的罪名成立的。」

木蘭花笑了起來，道：「你太心急了，我們要先查出他是不是有罪，然後再搜集證據，我相信，只要我們查到他有罪，他並不是一個職業的犯罪者，一定會全部承認自己的罪行了。」

高翔點了點頭，他們一起出了大銀行，木蘭花道：「你不必和我一起去，我自己到安妮的學校去就行了！」

木蘭花上了停在門口的一輛警車，向高翔揮了揮手，警車駛向前，十五分鐘之後，已經到達了大學的正門。

木蘭花下了車，大學的建築物，看來巍峨而莊嚴，校園中陳列著不少巨大的塑像，全是有著高度藝術水準的作品，高等學府確然有高等學府的氣派。

校園中，有不少學生在，木蘭花直來到了大學的辦公室中，向辦事人員表明了身分，同時，指名要見一年級學生黃煥芬。

辦事人員略查了一查，就請木蘭花到會客室去等著，不多久，黃煥芬就夾著書本、筆記簿走了進來，她是一個十分活潑的少女，走進來的時候，也像是正在跳躍著一樣。

當她進來之後，看到在會客室等她的，竟是木蘭花時，她先呆了一呆，接著便道：「蘭花姐姐，原來是你，讓我去告訴所有的同學，讓他們來看看你！」

木蘭花忙道：「不必了，我想單獨和你談談，是極其重要的事情。」

木蘭花的神色、語氣都十分嚴肅，是以黃煥芬也呆了一呆，在木蘭花的身邊坐了下來，將書本放在膝上，抬頭望著木蘭花。

木蘭花道：「關於你們和安妮的打賭——」

黃煥芬道：「是啊，那是我不好，我首先提起那古屋中有鬼的。」

木蘭花雖然和黃煥芬只交談了幾句，但是她已看出，黃煥芬是一個性格十分爽直乾脆的女孩子，和這樣性格的人交談，大可以不必轉彎抹角的。

是以她決定單刀直入，道：「煥芬，安妮只是受了一場虛驚，並沒有什麼損失，但是，我們卻發現，林家古屋有鬼出現，和一件極其嚴重的罪案有關。」

黃煥芬吃了一驚，瞪大了眼，一時之間，不知該如何回答才好。

木蘭花又道：「據你的同學說，你是從你叔叔那裡，聽到那屋中有鬼的？是不是？」

黃煥芬點著頭，木蘭花道：「是在什麼樣的情形下聽到的？」

黃煥芬吃驚地道：「我叔叔，他和你所說的那件案子，不會有什麼關係吧！」

木蘭花在黃煥芬的手背上輕拍了一下，道：「別緊張，我們正在調查，而且，我要求我們之間的談話保持秘密，你回答我的問題。」

黃煥芬答應了一聲，道：「第一次，是很久以前了，有人要將林家古屋賣給我叔叔，拆了來改建新型的花園別墅，我聽得那人講，這林家古屋中有鬼，當時叔叔曾大笑，他說他要去看一看鬼是什麼樣子的。」

木蘭花忙道：「他去了沒有？」

黃煥芬道：「多半是去了吧，他是個說做便做的人，不過，他有沒有買下那古屋來，我卻不知道了。」

木蘭花吸了一口氣，道：「第二次呢？」

黃煥芬側頭想了一想，道：「第二次，是在他的書房中，有人在和他談話，這次是我叔叔提到林家古屋中有鬼，他還叫那人放心。」

木蘭花的心情，陡地緊張起來，道：「那人是什麼人，你認識麼？你和你叔叔說起過安妮打賭的事？」

黃煥芬搖頭道：「我不認識他，是的，我那天下午說起過。」

木蘭花又緊接著問道：「那麼，你再看到他的時候，是不是可以認得他？

或者，你可以根據照片，將這個人認出來麼？」

黃換芬側頭想著，在不到十秒鐘之後，她道：「我想可以的。」

木蘭花站了起來，來到了電話前，她那時已經感到，整件事已快到尾聲了，問題是自己要採取什麼樣的方法來將網收緊，使犯罪分子落網而已。

她打電話到大銀行，找到了高翔。

高翔一聽到了木蘭花的聲音，就道：「蘭花，數字查出來了，全部的偽鈔是兩億，已經有一千七百多萬流出市面去了！」

木蘭花卻道：「高翔，那失蹤的七個管理員，不是警方已經根據曾和他們接觸的人的口述，查出了他們的樣子來了麼？」

高翔道：「是的，連那總務處的職員的畫像也有了！」

木蘭花道：「請你們派人送來大學的會客室，我等著要人認人。」

高翔高興地道：「可是有了新的發現？」

木蘭花道：「那要看是不是能認出人來。」

高翔道：「好，我立時就來。」

木蘭花放下了電話，黃煥芬有點吃驚地道：「蘭花姐姐，如果我認出了那個在叔叔書房中和他交談的人，我叔叔會怎樣？」

木蘭花吸了一口氣，道：「那麼，他就多了一項犯罪的證據，不過，我相信你不會故意替他隱瞞的，是不是？」

黃煥芬立時漲紅了臉，道：「當然不會。」

木蘭花忙道：「對不起，我說了那樣的話！」

黃煥芬著急地在客廳中踱來踱去，二十分鐘之後，高翔趕到，他在一隻牛皮紙袋中，取出了一疊複印的畫像來。

木蘭花也是第一次看到那些畫像，在高翔將那些畫像攤在桌面之際，她立即認出了其中有用橡皮人愚弄她的三個人在，也有在那間北歐式屋子中，給她喝酒的那個人以及其他的人。

黃煥芬站在桌前，看她的神情，十分緊張，她只站了一站，就抬起頭來，苦笑著，道：「我認出來了，是這一個，不會錯的。」

黃煥芬指的那人，就是給木蘭花喝酒的那人。

高翔翻過了圖片來，道：「這個人叫丁孟生，是總務處那個失蹤的職員。」

黃煥芬在這時候，突然轉過身，哭了起來。

木蘭花來到她的身後，道：「煥芬，你別難過，你沒有祖護你的叔叔，那樣做很對，不但盡了你的責任，而且罪案早一日被揭發，你叔叔的罪名也可能會輕得多，記得，我們之間的談話是秘密的！」

黃煥芬轉過身來，仍然噙著淚，道：「我叔叔，他做了什麼？」

木蘭花道：「有可能在他的主持下，印製了值價兩億元的偽鈔，我們會立即去證明這件事的。」

黃煥芬吃驚得張大了口，合不攏來，半晌，她才道：「我知道他近一年來，一直在鬧周轉不靈，但是想不到，想不到他竟會——」

木蘭花道：「你別難過，那完全和你無關！」

黃煥芬長嘆了一聲，低著頭，走了出去，木蘭花和高翔也立時出了會客室，登上了停在學校辦公大樓的一輛車子。

黃成坊的辦公室，高翔已經來第二次了，木蘭花卻還是第一次來。

他們將自己的身分告訴了秘書之後，在會客室中等候著。

他們並肩站在那塊大玻璃前，高翔望著玻璃外的大銀行，心中陡地一動，道：「我記起來了，上次，黃成坊送我出來，我順口說了一句外面的風景真好，他卻回答我說，對準了大銀行！」

木蘭花點著頭，道：「有可能他每天看著大銀行，才想出那個計劃來的！」

他們兩人低聲交談著，只見黃成坊辦公室的門打開，兩個本市著名的銀行家走了出來，高翔和他們揚手打了一個招呼。

女秘書也在這時走了出來，道：「兩位請進，黃董事長在等候兩位了。」

高翔和木蘭花走了進去，黃成坊自巨大的辦公桌後站起來，滿面春風道：「請坐，請坐，高主任，蘭花小姐，又有什麼指教？」

高翔向木蘭花望了一眼，這時候，他們心中雖然已知道黃成坊十之八九是整件案子的主持人，但是如何要令得他自己承認，卻還需要高度的技巧，如果不是一步步逼迫得他非自己說出來不可的話，那麼，警方根本沒有可以控訴他的證物！

是以，高翔並不開口，而要木蘭花開口。

木蘭花望著黃成坊，像是充滿了感慨地道：「黃先生，一個成功的人物，不論他做什麼事，都是成功的，你認為對不對？」

黃成坊略呆了一呆，道：「自然是對的，但是，蘭花小姐，你那樣說，是什麼意思？」

木蘭花卻不回答他的問題，依然只是不著邊際地道：「可是，有的時候，太成功的計劃，雖然全部實行了，也不見得會有好的收場！」

黃成坊的臉色略變了變，但是他立即恢復鎮定道：「蘭花小姐，我很願意和你討論這些充滿了人生哲學的問題，但是我現在很忙，很多事情等著我處理，能不能今晚，請你們兩位賞光，到舍下來便飯？」

木蘭花搖著頭，道：「不必了，我也沒有幾句話要說了，我還想說的是，成功人物所想到最困擾的問題，應該是如何用人，有時候，心腹之人，是未必可靠的！」

黃成坊有點難以掩飾他的尷尬了，但是他還是道：「我不明白——」

木蘭花直視著黃成坊，道：「你不明白？是的，我未曾說出事實來，你是不會明白的，但是，我一說出來，你就明白了，黃先生，丁孟生將你出賣了！」

木蘭花這一句話，說得十分平淡，但是在黃成坊身上引起的震驚，卻是驚人的。

他本來正拿起一隻煙斗在點煙，可是木蘭花的話才一出口，他的手一抖，那煙斗「啪」地一聲，跌在桌上。

木蘭花立時道：「真是可惜得很，對不對，還有更可怕的事哩，他指控你殺死季元發！」

黃成坊立時叫了起來，道：「他胡說——」

他只說了三個字，陡地又震了一震，然後，他立時道：「蘭花小姐，你在說些什麼？我完全不明白！」

木蘭花笑了起來，道：「你明白得很，而且，你現在再來掩飾，已經太遲了！」

黃成坊很快就完全恢復了鎮定，他又拿起了他的煙斗來，道：「兩位如果覺得我有罪的話，那麼，我要請我的律師來為我說話！」

高翔道：「可以，你可以叫你的律師來，但是我想，你請齊全市的律師，只怕也不能為你洗脫罪名的了！」

木蘭花接著道：「黃先生，現在警方給你一個特別寬容的機會，可以算是你自己向警方自首的。印製偽鈔，經自首後，罪名可以輕得多，而且，事實上，你並未使用印製的偽鈔，只是將它們送進了大銀行的保險庫之中！」

黃成坊的鎮定，在木蘭花的幾句話之下，完全崩潰了！

他的手發著抖，道：「你，你們……竟什麼都知道了？丁孟生這小子……真的出賣了我，那是不可能的，唉，真料不到，可是你們怎會知道的？」

自黃成坊梳得十分整齊的頭髮下，豆大的汗珠，一顆一顆流跌了下來，他顯然受了極大的打聲，是以連講話也變得語無倫次了！

他望著木蘭花和高翔。

高翔直視著他，道：「怎麼樣，你願意接受我們的寬容辦法，還是要我們出拘捕令，來將你拘捕？」

黃成坊像是喪失了說話的能力一樣，他所講的那句話，是一個字一個字自他齒縫中迸出來的，他道：「好了，我承認失敗了，我接受警方的寬容辦法！」

他在講了那句話之後，抹了汗抹，才又道：「我的計劃是天衣無縫的，若不是我用人不當，你們絕不會發現破綻，我計劃了整整一年！」

木蘭花微笑一笑，道：「那你就怪錯人了，我想你選用的助手，不會少過十個人？」

黃成坊喘息著道：「九個！」

木蘭花道：「他們都很忠誠，對不起得很，丁孟生自首是我偽造出來的，事實上，在哪裡可以找到他們，還需要你提供消息！」

木蘭花這句話才一出口，黃成坊陡地站了起來，接著，又重重地坐了下來，在那剎間，他的面色變得比紙還白，他突然拉開抽屜。

就在他拉開抽屜的那一剎間，木蘭花已經叫道：「高翔，小心！」高翔立時去拔佩槍，可是，卻已經遲了一步，黃成坊已經先一步握槍在手，指住了高翔和木蘭花，喝道：「你們坐下來！」

高翔冷冷地道：「想不到你會幹這樣的傻事。」

黃成坊額上的青筋根根現起，他喘著氣道：「丁孟生沒出賣我，那你們是怎麼知道一切的？」

木蘭花道：「害你的是你自己，如果不是你知道了安妮要在林家大屋過夜，你大起恐慌，又做了一連串意外佈置的話，只怕你真可逍遙法外了！」

黃成坊仍然急速地喘著氣，他尖聲叫著，道：「不是我毀滅了一切，你們什麼也找不到，我早已將製偽鈔的機器，拆成了一件一件，拋到了海底，你們不應該發現任何線索的！」

高翔冷然道：「或者是，不過你在地下密室中開動印刷機太久了，在空氣中，留下了不易消散的油墨氣味，你不見得會在那裡印四書五經的，是不是？而且，進入銀行保險庫之後，銀行方面竟什麼損失也沒有，那也實在太引人起疑了！」

黃成坊突然反常地大笑了起來，在他大笑的時候，高翔和木蘭花好幾次想向前撲過去，但是他們和黃成坊之間，卻隔著一張巨大的辦公桌，而黃成坊的手中，又握著一柄槍！

黃成坊一面大笑著，一面伸手按著他辦公桌上的鈕，四面的窗簾，全都自動移了開來。

窗簾拉開之後，是兩幅極大的玻璃，其中的一幅，正對著大銀行。

黃成坊道：「你們看到了？我的業務越擴越大，一年之前，我就開始周轉不靈，我移東補西，但是我知道，如果不獲得大量的現鈔，這種局面，絕不可能永遠維持下去的，所以，我才定下了這個計劃，使我成功地獲得了兩億元！」

木蘭花冷冷地道：「也使你身敗名裂！」

黃成坊突然又「哈哈」大笑了起來，他霍地站起，揮著槍，道：「是的，但是那對我來說，並沒有什麼不同，沒有那大量的現鈔，我也支持不下去了，現在對我來說，是完全一樣的！」

高翔厲聲喝道：「放下你手中的槍，將你九個同犯的所在供出來。」

黃成坊用槍又掠了掠亂髮，立時又用槍指住了想逼近來的高翔，道：「別動，我也不會告訴你他們在何處，他們全是我拖下水的，事成之後，他們每一個人分到了五百萬，已經走了！」

高翔冷冷地道：「你不說也由得你，但不論他們走到何處，我們都有辦法將他們捉回來的。」

黃成坊又高聲怪笑了起來，大叫道：「空氣，哈哈，空氣！我什麼痕跡都沒有留下，我拆走了每一樣東西，吸乾淨了每一粒紙屑，但是空氣之中，卻留下了油墨氣味，哈哈！哈哈！」

他一面笑著，一面揮著槍，扣動槍機，在辦公室中，立時發出了幾下驚天動地的巨響。

那幾下巨響，是槍聲混合著玻璃的破裂聲，黃成坊辦公室的門立時被推了開來，秘書和幾個人，吃驚地站在門口。

黃成坊厲聲喝道：「別動，你們誰也別動，木蘭花，我應該殺死你的，殺了你，我就可以安全無事了，但是我卻不想殺人！」

木蘭花冷冷地道：「季元發呢？」

黃成坊尖聲叫道：「季元發是自己嚇死的，他本來就有嚴重的心臟病，不關我事！」

黃成坊一面說，一面身子打橫移動著，來到了大玻璃的前面。

大玻璃被他連射了幾槍，已經碎裂了一個大洞，當他來到大玻璃之前時，他距離外面，只不過隔著三呎來寬的一道石沿而已。

他一隻腳跨出了大玻璃，在門口的女秘書立時尖聲叫了起來。

木蘭花立時道：「黃成坊，你現在的罪名，至多只是坐幾年牢，以你的才能而言，出獄之後，還可以大有作為，別做傻事！」

黃成坊轉過頭來，他望著木蘭花，望了好久，才發出了一下十分苦澀的笑容來，道：「你錯了，我一直是個成功的人，我太成功了，是以我從來不知道什麼叫失敗，我已經不起失敗！」

他才講到這裡，舉起槍來，對準了他自己的前額，扳動了槍機，槍聲才響，他的身子便向外倒去，翻過了三呎石沿，向下直跌了下去！

所有在黃成坊辦公室的人，不由自主，都閉上了他們的眼睛！

黃成坊的身子，從二十多層高的樓上跌了下來，壓在一輛汽車的頂上，將那輛車子的車頂壓得陷進了一大塊，他的身子又彈到了地上。

他是早在扳動槍機之後的一剎那間就死去的，億萬富翁的死亡，自然成為轟動的新聞！

方局長和大批高級警官，是在事發後二十分鐘就趕到的，他在黃成坊辦公室後面的密室中，找到了大量的現鈔，總數是一億五千五百萬。

由此可以證明黃成坊所說的是真的，他的幾個夥計，每一個人都得到了五百萬，離開了本市。

警方接著，又在黃成坊的辦公室，找到了一個名單，知道了那幾個人的全部姓名，那幾個人，全是第一流的機械工程師，和各方面的專家。

警方也立即採取行動，通電全世界，去通緝那九個人歸案。

而在和大銀行商議過這件事之後，警方同意有限度地公佈這件事，並且將偽鈔的特徵詳細公佈出來，請那一天半之內，在大銀行提取過偽鈔的人，盡可能鑒別自己的鈔票，拿到大銀行去兌換。

這件事，自然轟動全市，成了市民茶餘飯後的談資，一直轟動了好久。

而那幾個已經離開了本市的人，卻一直沒有音訊，警方只查到，事發之後，黃成坊曾替他們每人匯了一筆巨款到瑞士去，調查追蹤到了瑞士，銀行方面證明款項已轉到了南美洲。

再追蹤到南美，款項已被提走，那九個人自然逗留在南美，但是卻找不到他們。

（這九個人，以後又有驚人的事發生在他們的組織之下，但已不是這個故事了。）

好幾天之後，黃昏，天氣一樣那樣寒冷，安妮放學回來，和她一起回來的是黃煥芬。

黃煥芬清瘦了許多，木蘭花輕拍著她的肩頭，道：「你心情平復了麼？你叔叔死了，你現在的生活怎樣？」

黃煥芬道：「我生活沒有問題，我去年生日，叔叔曾送給我一幢大屋子，我已經將那幢屋子租給了一個外國領事居住了！」

木蘭花道：「那很好，你要是有什麼麻煩，可以來找我。」

黃煥芬嘆了一聲，道：「蘭花姐姐，我有一句話想問一問你。」

木蘭花道：「你只管說！」

黃煥芬道：「我叔叔為什麼要自殺呢？他是完全不必死的！」

木蘭花呆了半晌，才道：「關於這一點，我想他在死前，他自己所講的話，是最後的解釋，他太成功了，經不起任何的失敗！」

黃煥芬道：「你認為他是個很有才能的人？」

木蘭花道：「當然是，我經歷過不知道多少罪案，但是沒有一件，是計劃得像他那樣周密的，直到現在，我們還未找到任何他用來衝破，挖掘地道的機械，他早已將之完全毀滅了！」

黃煥芬苦笑一下，道：「那又有什麼用呢？」

她黯然地笑一下，轉過身，慢慢地走了出去。

木蘭花也嘆一聲，在一簇菊花前，走了下來。

這件事，是最奇特的一件，雖然在茫無頭緒之中，終於找出了事實的真相，但是那九個人，卻至今未有任何消息。

她在自己問自己：算是成功了麼？

她沒有答案，而天色已漸漸黑了下來，寒風也更加勁疾了！

請續看《木蘭花傳奇》28 神蹟

倪匡奇情作品集

木蘭花傳奇 27 魅影（含：刺殺、古屋奇影）

作　者：倪匡
發行人：陳曉林
出版所：風雲時代出版股份有限公司
地址：10576台北市民生東路五段178號7樓之3
電話：(02) 2756-0949
傳真：(02) 2765-3799
執行主編：朱墨菲
美術設計：許惠芳
業務總監：張瑋鳳
出版日期：2024年7月
版權授權：倪匡
ISBN ：978-626-7464-13-7
風雲書網：http://www.eastbooks.com.tw
官方部落格：http://eastbooks.pixnet.net/blog
Facebook：http://www.facebook.com/h7560949
E-mail：h7560949@ms15.hinet.net
劃撥帳號：12043291
戶名：風雲時代出版股份有限公司

風雲發行所：33373桃園市龜山區公西村2鄰復興街304巷96號
電話：(03) 318-1378　　傳真：(03) 318-1378
法律顧問：永然法律事務所 李永然律師
　　　　　北辰著作權事務所 蕭雄淋律師

行政院新聞局局版台業字第3595號 營利事業統一編號22759935

國家圖書館出版品預行編目資料

魅影／倪匡 著. -- 臺北市：風雲時代出版股份有限公司, 2024.06 面； 公分.（木蘭花傳奇；27）

ISBN : 978-626-7464-13-7（平裝）

857.7　　113005407